Sommaire

Portrait de Molière.

Introduction

Molière (1622-1673) et *George Dandin*

Jean-Baptiste Poquelin

Né à Paris en 1622, Jean-Baptiste Poquelin est le fils d'un riche tapissier parisien. Poussé par son goût pour le théâtre, il fonde avec une famille de comédiens, les Béjart, « L'Illustre-Théâtre » et prend le nom de Molière. Arpentant la France pendant treize ans, il apprend son métier de comédien.

De retour à Paris, il épouse Armande Béjart, de vingt ans plus jeune que lui et fait jouer *L'École des femmes*. Il écrit ensuite ses plus grands chefs-d'œuvre (*Tartuffe*, 1664-1669 ; *Dom Juan*, 1665 ; *Le Misanthrope*, 1666 ; *Le Bourgeois gentilhomme*, 1670 ; *Les Fourberies de Scapin*, 1671 ; *Les Femmes savantes*, 1672).

Il meurt sur scène lors d'une représentation du *Malade imaginaire*, le 10 février 1673.

Présentation de *George Dandin*

• À l'origine, une comédie-ballet

En juillet 1668, Louis XIV célèbre ses victoires en Franche-Comté et signe le traité d'Aix-la-Chapelle par lequel son épouse, Marie-Thérèse, fille du roi d'Espagne, hérite de son père des territoires frontaliers du nord-est de la France. Louis XIV donne à Versailles des fêtes grandioses à cette occasion : il fait appel à Molière qui crée *George Dandin*.

La pièce est à l'origine une comédie-ballet, comme *Le Bourgeois gentilhomme* et *Le Malade imaginaire*. La comédie-ballet est un genre créé par Molière : c'est un spectacle qui associe musique, danse et théâtre. Au début, à la fin de la pièce et entre chaque acte se joue un petit drame fantaisiste chanté et dansé dont les héros sont des bergers.

La pièce *George Dandin* ne fut présentée que cinq fois sous sa forme de comédie-ballet. En effet, les intermèdes dansés et chantés n'ont que très peu de liens avec l'intrigue de la comédie. On y remarque seulement la présence intermittente, comme simple spectateur, du « paysan » George Dandin. Molière dépouilla ensuite la comédie de sa partie ballet pour la présenter dans son théâtre du Palais-Royal.

• Farce et comédie de mœurs

Lorsqu'il écrit *George Dandin ou le Mari confondu*, Molière a quarante-six ans et n'a plus que cinq ans à vivre. Malade, parfois désabusé, il porte maintenant un regard un peu noir sur la société de son époque. On trouvera des traces de ce pessimisme dans *George Dandin*. Pourtant, c'est une farce destinée à amuser un public de Cour. Le sujet lui-même est traditionnellement comique et populaire ; c'est celui du mari trompé et bafoué. Il reprend le thème de nombreux fabliaux du Moyen Âge et de contes de la Renaissance, comme ceux du *Décaméron*.

Cependant, *George Dandin* est également une comédie de mœurs, mettant en scène des personnages mus par les intérêts et les préoccupations de leur époque.

Première partie

George Dandin ou le Mari confondu

Molière

Maquette de costume pour *George Dandin* par M.-H. Dasté, XXe siècle.

George Dandin

Les personnages

GEORGE DANDIN, *riche paysan, mari d'Angélique.*

ANGÉLIQUE, *femme de George Dandin et fille de Monsieur de Sotenville.*

MONSIEUR DE SOTENVILLE, *gentilhomme campagnard, père d'Angélique.*

MADAME DE SOTENVILLE, *sa femme.*

CLITANDRE, *gentilhomme, amant*[1] *d'Angélique.*

CLAUDINE, *suivante d'Angélique.*

LUBIN, *paysan au service de Clitandre.*

COLIN, *valet de George Dandin.*

La scène est devant la maison de George Dandin.

1. Qui aime et est aimé de.

Acte premier

Scène première

GEORGE DANDIN.

GEORGE DANDIN.

Ah ! qu'une femme demoiselle[1] est une étrange[2] affaire, et que mon mariage est une leçon bien parlante à tous les paysans qui veulent s'élever au-dessus de leur condition, et s'allier, comme j'ai fait, à la maison d'un gentilhomme[3] ! La noblesse de soi[4] est bonne, c'est une chose considérable assurément ; mais elle est accompagnée de tant de mauvaises circonstances, qu'il est très bon de ne s'y point frotter. Je suis devenu là-dessus savant à mes dépens, et connais le style des nobles lorsqu'ils nous font, nous autres, entrer dans leur famille. L'alliance qu'ils font est petite avec nos personnes : c'est notre bien seul qu'ils épousent, et j'aurais bien mieux fait, tout riche que je suis, de m'allier en bonne et franche paysannerie que de prendre une femme qui se tient au-dessus de moi, s'offense de porter mon nom, et pense qu'avec tout mon bien je n'ai pas assez acheté la qualité de son mari. George Dandin, George Dandin, vous avez fait une sottise la plus grande du monde. Ma maison m'est effroyable maintenant, et je n'y rentre point sans y trouver quelque chagrin[5].

1. « Femme ou fille d'un gentilhomme », c'est-à-dire noble.
2. Extraordinaire, terrible.
3. Une famille noble.
4. En soi.
5. Colère provoquée par un ennui grave.

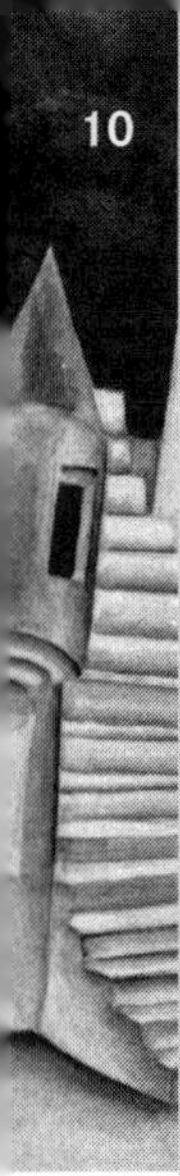

Questions

Repérer et analyser

Le titre et la didascalie initiale

On entend par *didascalies* l'ensemble des indications scéniques destinées à éclairer le jeu des acteurs. On distingue par exemple la didascalie initiale (liste des personnages figurant au début de la pièce), les didascalies d'énonciation (signalant les apartés), de gestes, d'expression, d'intonation, d'objets (décor, costumes, accessoires...).
Les didascalies sont spécifiques au langage théâtral, elles sont mises entre parenthèses ou en italique.

1 Lisez le titre et le sous-titre de la pièce. Cherchez le sens du mot « confondu ».

2 Lisez la didascalie initiale (liste des personnages, p. 8).

a. À qui cette liste est-elle destinée ? Le spectateur en a-t-il nécessairement connaissance ?

b. Quelles informations cette liste fournit-elle concernant la condition sociale des personnages, leurs liens de parenté, les couples légitimes et illégitimes ?

c. Que vous évoquent les noms de Dandin, Angélique, de Sotenville ?

3 Dans quel lieu l'action se déroule-t-elle ?

4 Quelles hypothèses pouvez-vous faire à partir du titre de la pièce, de son sous-titre, de la didascalie initiale ?

La situation d'énonciation

– La *double énonciation* : le langage théâtral repose sur une situation de double énonciation ; les propos prononcés par les personnages sont destinés non seulement aux personnages présents sur la scène, mais aussi au spectateur.
– Le *monologue* : le personnage peut, au cours d'un monologue, exprimer seul et à voix haute ce qu'il ressent. Le monologue permet de faire connaître au spectateur l'état d'esprit d'un personnage ou/et de lui fournir des informations sur la situation.

5 **a.** Quel personnage est en scène au début de la pièce ?

b. Qui les pronoms « j' » (l. 4), « nous » (l. 9) et « vous » (l. 16) désignent-ils ? Quels sont les deux destinataires des paroles du personnage ?

6 Identifiez le type de phrase qui ouvre le monologue. Quel est le sentiment exprimé par le personnage ?

L'exposition

Les toutes premières scènes d'une pièce de théâtre doivent fournir au spectateur les principales informations qui lui permettront de comprendre la pièce (personnages, circonstances…). On appelle ces scènes, *scènes d'exposition*. L'exposition peut se présenter sous la forme d'un dialogue ou d'un monologue.

7 À travers le monologue de Dandin, qu'apprend le spectateur :
a. Sur la condition sociale de George Dandin et sur celle de son épouse ?
b. Sur les raisons qui ont poussé Dandin à faire le choix de cette épouse ?
c. Sur les raisons qui ont poussé les parents de son épouse à favoriser ce mariage ?

8 Quelle « sottise » (l. 16) Dandin se reproche-t-il d'avoir commise ? Qu'apprend le spectateur sur la situation conjugale de Dandin ?

La visée et les attentes du spectateur

On entend par *visée* l'effet qu'un énonciateur (auteur, narrateur…) cherche à produire sur son destinataire (faire rire, émouvoir, faire peur, convaincre, dénoncer…).

9 **a.** Quelle image cette première scène donne-t-elle de Dandin ? S'agit-il d'une image valorisante ou dévalorisante ?
b. Quel type de mariage semble mis en cause dès la première phrase ?

10 À quelle suite le spectateur peut-il s'attendre ?

Étudier le lexique

Autour du mot « demoiselle »

11 **a.** Rappelez le sens du mot « demoiselle » dans le texte. Donnez le masculin de ce mot.
b. Quel est le sens du mot « demoiselle » aujourd'hui ?
c. Qu'en déduisez-vous sur la formation du mot « mademoiselle » ?
d. Quelle est l'origine et la formation des mots « monsieur » et « madame » ?

Acte premier

Scène 2

GEORGE DANDIN, LUBIN.

GEORGE DANDIN, *voyant sortir Lubin de chez lui.* – Que diantre[1] ce drôle-là[2] vient-il faire chez moi ?

LUBIN, *à part, apercevant George Dandin.* – Voilà un homme qui me regarde.

GEORGE DANDIN, *à part.* – Il ne me connaît pas.

LUBIN. – Il se doute de quelque chose.

GEORGE DANDIN. – Ouais ! il a grand-peine à saluer.

LUBIN. – J'ai peur qu'il n'aille dire qu'il m'a vu sortir de là-dedans.

GEORGE DANDIN. – Bonjour.

LUBIN. – Serviteur.

GEORGE DANDIN. – Vous n'êtes pas d'ici, que je crois ?

LUBIN. – Non, je n'y suis venu que pour voir la fête de demain.

GEORGE DANDIN. – Hé ! dites-moi un peu, s'il vous plaît, vous venez de là-dedans ?

LUBIN. – Chut !

GEORGE DANDIN. – Comment ?

LUBIN. – Paix !

1. Juron, déformation de « diable ».

2. Coquin.

GEORGE DANDIN. – Quoi donc ?

LUBIN. – Motus[3] ! Il ne faut pas dire que vous m'ayez vu sortir de là.

GEORGE DANDIN. – Pourquoi ?

LUBIN. – Mon Dieu ! parce…

GEORGE DANDIN. – Mais encore ?

LUBIN. – Doucement. J'ai peur qu'on ne nous écoute.

GEORGE DANDIN. – Point, point.

LUBIN. – C'est que je viens de parler à la maîtresse du logis, de la part d'un certain monsieur qui lui fait les doux yeux, et il ne faut pas qu'on sache cela. Entendez-vous[4] ?

GEORGE DANDIN. – Oui.

LUBIN. – Voilà la raison. On m'a enchargé de prendre garde que personne ne me vît, et je vous prie au moins de ne pas dire que vous m'ayez vu.

GEORGE DANDIN. – Je n'ai garde[5].

LUBIN. – Je suis bien aise[6] de faire les choses secrètement comme on m'a recommandé.

GEORGE DANDIN. – C'est bien fait.

LUBIN. – Le mari, à ce qu'ils disent, est un jaloux qui ne veut pas qu'on fasse l'amour[7] à sa femme, et il ferait le diable à quatre si cela venait à ses oreilles : vous comprenez bien ?

GEORGE DANDIN. – Fort bien.

LUBIN. – Il ne faut pas qu'il sache rien[8] de tout ceci.

3. Silence.
4. Comprenez-vous.
5. Je prendrai bien garde (de me taire).
6. Je suis content.
7. La Cour.
8. Qu'il sache quoi que ce soit.

GEORGE DANDIN. – Sans doute.

LUBIN. – On le veut tromper tout doucement : vous entendez bien ?

GEORGE DANDIN. – Le mieux du monde.

LUBIN. – Si vous alliez dire que vous m'avez vu sortir de chez lui, vous gâteriez[9] toute l'affaire : vous comprenez bien ?

GEORGE DANDIN. – Assurément. Hé ? comment nommez-vous celui qui vous a envoyé là-dedans ?

LUBIN. – C'est le seigneur de notre pays, Monsieur le Vicomte de chose... Foin[10] ! Je ne me souviens jamais comment diantre ils baragouinent ce nom-là. Monsieur Cli... Clitandre.

GEORGE DANDIN. – Est-ce ce jeune courtisan[11] qui demeure...

LUBIN. – Oui : auprès de ces arbres.

GEORGE DANDIN, *à part*. – C'est pour cela que depuis peu ce damoiseau poli s'est venu loger contre moi ; j'avais bon nez sans doute, et son voisinage déjà m'avait donné quelque soupçon.

LUBIN. – Testigué[12] ! c'est le plus honnête[13] homme que vous avez jamais vu. Il m'a donné trois pièces d'or pour aller dire seulement à la femme qu'il est amoureux d'elle, et qu'il souhaite fort l'honneur de pouvoir lui parler. Voyez s'il y a là une grande fatigue pour me payer si bien, et ce qu'est au prix de cela une journée de travail où je ne gagne que dix sols[14].

GEORGE DANDIN. – Hé bien ! avez-vous fait votre message ?

9. Feriez échouer.
10. Interjection qui indique l'agacement.
11. Personne qui fréquente la Cour.
12. Juron paysan : déformation de « Tête-Dieu » (cf. plus loin : « testiguiéne » ou « testiguenne »).
13. Courtois.
14. Le sol est une pièce de monnaie (1/20e de la livre).

LUBIN. – Oui, j'ai trouvé là-dedans une certaine Claudine, qui tout du premier coup a compris ce que je voulais, et qui m'a fait parler à sa maîtresse.

GEORGE DANDIN, *à part*. – Ah ! coquine de servante !

LUBIN. – Morguéne[15] ! cette Claudine est tout à fait jolie, elle a gagné mon amitié, et il ne tiendra qu'à elle que nous ne soyons mariés ensemble.

GEORGE DANDIN. – Mais quelle réponse a fait la maîtresse à ce Monsieur le courtisan ?

LUBIN. – Elle m'a dit de lui dire… attendez, je ne sais si je me souviendrai bien de tout cela… qu'elle lui est tout à fait obligée[16] de l'affection qu'il a pour elle, et qu'à cause de son mari, qui est fantasque[17], il garde d'en rien paraître, et qu'il faudra songer à chercher quelque invention pour se pouvoir entretenir tous deux.

GEORGE DANDIN, *à part*. – Ah ! pendarde de femme !

LUBIN. – Testiguiéne ! cela sera drôle ; car le mari ne se doutera point de la manigance, voilà ce qui est de bon ; et il aura un pied de nez avec sa jalousie : est-ce pas[18] ?

GEORGE DANDIN. – Cela est vrai.

LUBIN. – Adieu. Bouche cousue au moins. Gardez bien le secret, afin que le mari ne le sache pas.

GEORGE DANDIN. – Oui, oui.

LUBIN. – Pour moi, je vais faire semblant de rien : je suis un fin matois[19], et l'on ne dirait pas que j'y touche.

15. Juron paysan : déformation de « mort de Dieu ».
16. Reconnaissante.
17. Imprévisible, sujet à des fantaisies.
18. Forme populaire de « n'est-ce pas ».
19. Rusé.

Questions

Repérer et analyser

La situation d'énonciation

1 **a.** Dandin et Lubin se connaissent-ils ?
b. Quel rôle Dandin joue-t-il ? Quelles motivations le font agir ?

2 Les apartés

Les *apartés* sont une convention spécifiquement théâtrale. L'aparté est une réflexion qu'un personnage prononce à part et qui n'est entendue en principe que du public. Ce procédé est largement employé dans les comédies, l'effet est généralement amusant.

Relevez les paroles prononcées en aparté par Dandin. Lubin est-il censé entendre ces propos ? À qui ces propos s'adressent-ils ?

L'exposition (suite) et le début de l'action

3 Quels sont les nouveaux personnages évoqués dans cette scène ? Précisez les rapports qu'ils entretiennent entre eux et avec les deux personnages présents.

4 Relevez le passage dans lequel Lubin dresse le portrait de Dandin. Quelle image le spectateur a-t-il de Dandin dès le début de la pièce ?

La progression du dialogue

5 **a.** Quelle est la réaction immédiate de Dandin face aux révélations de Lubin ? Appuyez-vous sur la longueur des répliques.
b. À partir de quelle ligne Dandin reprend-il l'initiative du dialogue ? Identifiez le type de phrase qu'il utilise de façon dominante. Que cherche-t-il à savoir de Lubin ?
c. Quelles informations précises Dandin obtient-il ? Quelle importance ces informations revêtent-elles pour l'action ?

Le comique

Le comique peut naître :
– des mots : injures, répétitions, menaces, jeu de mots... ;
– des gestes : coups de bâton, mimiques, déplacements, déguisements... ;
– des situations : quiproquo, renversement de situation... ;
– des caractères : manies, obsessions, traits de caractère qui s'écartent de la norme...

Le comique de gestes

6 Sur quel jeu de scène la scène 2 débute-t-elle ? En quoi ce jeu de scène est-il comique ?

Le comique de situation : le quiproquo

Le *quiproquo* (mot issu du latin et signifiant « quelqu'un pris pour quelqu'un d'autre ») est un malentendu sur une personne ou une situation. Le quiproquo est souvent générateur de comique.

7 En quoi consiste le quiproquo dans cette scène ? Quelle est la position du spectateur face à ce quiproquo ? Sait-il qui est qui ?

Le comique de farce

Les motifs du mari cocu, jaloux et trompé, appartiennent à la tradition des farces et des fabliaux du Moyen Âge.

8 **a.** En quoi la situation dans laquelle se trouve Dandin est-elle comique ?
b. Quels sentiments exprime-t-il dans les apartés ? Analysez le comique de ces apartés : comique de mots (insultes, jurons), de gestes (imaginez les mimiques qui peuvent accompagner ces apartés).

Étudier le lexique

Autour du mot « diable »

9 Lubin cite l'expression populaire « faire le diable à quatre » (l. 40).
a. Donnez son sens précis.
b. Cherchez d'autres expressions comportant le mot « diable » (« tirer le diable par la queue », « la beauté du diable »...) et donnez leur sens.

Écrire et jouer la scène

Imaginer un quiproquo

10 Imaginez, sur le modèle de la scène 2, un quiproquo amusant sur le thème suivant : un personnage en rencontre un autre sortant de chez lui et celui-ci, ignorant à qui il a affaire, lui confie un secret qu'il n'aurait pas dû lui révéler.

11 Jouez la scène que vous avez écrite.

Acte premier

Scène 3

GEORGE DANDIN.

GEORGE DANDIN, *seul.* – Hé bien ! George Dandin, vous voyez de quel air[1] votre femme vous traite. Voilà ce que c'est d'avoir voulu épouser une demoiselle : l'on vous accommode de toutes pièces[2], sans que vous puissiez vous venger, et la gentilhommerie vous tient les bras liés. L'égalité de condition laisse du moins à l'honneur d'un mari liberté de ressentiment[3] ; et si c'était une paysanne, vous auriez maintenant toutes vos coudées franches à vous en faire la justice à bons coups de bâton. Mais vous avez voulu tâter de la noblesse, et il vous ennuyait[4] d'être maître chez vous. Ah ! j'enrage de tout mon cœur, et je me donnerais volontiers des soufflets[5]. Quoi ? écouter impudemment[6] l'amour d'un damoiseau, et y promettre en même temps de la correspondance ! Morbleu[7] ! je ne veux point laisser passer une occasion de la sorte. Il me faut de ce pas aller faire mes plaintes au père et la mère, et les rendre témoins, à telle fin que de raison[8] des sujets de chagrin et de ressentiment que leur fille me donne. Mais les voici l'un et l'autre fort à propos.

1. De quelle manière.
2. On vous joue toutes sortes de méchants tours.
3. Vengeance.
4. Vous en aviez assez.
5. Gifles.
6. Sans pudeur.
7. Juron : déformation de « mort de Dieu ».
8. Pour recevoir réparation (langage juridique).

Acte premier

Scène 4

MONSIEUR ET MADAME DE SOTENVILLE, GEORGE DANDIN.

MONSIEUR DE SOTENVILLE. – Qu'est-ce, mon gendre ? vous me paraissez tout troublé.

GEORGE DANDIN. – Aussi en ai-je du sujet[9], et...

MADAME DE SOTENVILLE. – Mon Dieu ! notre gendre, que vous avez peu de civilité[10] de ne pas saluer les gens quand vous les approchez !

GEORGE DANDIN. – Ma foi ! ma belle-mère, c'est que j'ai d'autres choses en tête, et...

MADAME DE SOTENVILLE. – Encore ! Est-il possible, notre gendre, que vous sachiez si peu votre monde[11], et qu'il n'y ait pas moyen de vous instruire de la manière qu'il faut vivre parmi les personnes de qualité ?

GEORGE DANDIN. – Comment ?

MADAME DE SOTENVILLE. – Ne vous déferez-vous[12] jamais avec moi de la familiarité de ce mot de « belle-mère », et ne sauriez-vous vous accoutumer à me dire « Madame » ?

GEORGE DANDIN. – Parbleu[13] ! si vous m'appelez votre gendre, il me semble que je puis vous appeler ma belle-mère.

MADAME DE SOTENVILLE. – Il y a fort à dire, et les choses ne sont pas égales. Apprenez, s'il vous plaît, que ce n'est pas

9. Des raisons.
10. Politesse.
11. Que vous sachiez si peu vivre et vous conduire dans la bonne société.
12. Ne renoncerez-vous jamais à.
13. Juron : déformation de « par Dieu ».

à vous à vous servir de ce mot-là avec une personne de ma condition ; que tout notre gendre que vous soyez, il y a grande différence de vous à nous, et que vous devez vous connaître[14].

MONSIEUR DE SOTENVILLE. – C'en est assez, mamour, laissons cela.

MADAME DE SOTENVILLE. – Mon Dieu ! Monsieur de Sotenville, vous avez des indulgences qui n'appartiennent qu'à vous, et vous ne savez pas vous faire rendre par les gens ce qui vous est dû.

MONSIEUR DE SOTENVILLE. – Corbleu[15] ! pardonnez-moi, on ne peut point me faire de leçons là-dessus, et j'ai su montrer en ma vie, par vingt actions de rigueur, que je ne suis point homme à démordre jamais d'une partie de mes prétentions. Mais il suffit de lui avoir donné un petit avertissement. Sachons un peu, mon gendre, ce que vous avez dans l'esprit.

GEORGE DANDIN. – Puisqu'il faut donc parler catégoriquement, je vous dirai, Monsieur de Sotenville, que j'ai lieu de…

MONSIEUR DE SOTENVILLE. – Doucement, mon gendre. Apprenez qu'il n'est pas respectueux d'appeler les gens par leur nom, et qu'à ceux qui sont au-dessus de nous il faut dire « Monsieur » tout court.

GEORGE DANDIN. – Hé bien ! Monsieur tout court, et non plus Monsieur de Sotenville, j'ai à vous dire que ma femme me donne…

MONSIEUR DE SOTENVILLE. – Tout beau[16] ! Apprenez aussi que vous ne devez pas dire « ma femme », quand vous parlez de notre fille.

14. Avoir conscience de votre condition (ici inférieure).

15. Juron : déformation de « corps Dieu ».

16. Doucement.

George Dandin. – J'enrage. Comment ? ma femme n'est pas ma femme ?

Madame de Sotenville. – Oui, notre gendre, elle est votre femme ; mais il ne vous est pas permis de l'appeler ainsi, et c'est tout ce que vous pourriez faire, si vous aviez épousé une de vos pareilles.

George Dandin, *bas, à part.* – Ah ! George Dandin, où t'es-tu fourré ? (*Haut.*) Eh ! de grâce, mettez, pour un moment, votre gentilhommerie à côté, et souffrez que je vous parle maintenant comme je pourrai. (*À part.*) Au diantre soit la tyrannie de toutes ces histoires-là ! (*À M. de Sotenville.*) Je vous dis donc que je suis mal satisfait de mon mariage.

Monsieur de Sotenville. – Et la raison, mon gendre ?

Madame de Sotenville. – Quoi ? parler ainsi d'une chose dont vous avez tiré de si grands avantages ?

George Dandin. – Et quels avantages, Madame, puisque Madame y a ? L'aventure n'a pas été mauvaise pour vous, car sans moi vos affaires, avec votre permission, étaient fort délabrées, et mon argent a servi à reboucher d'assez bons trous ; mais moi, de quoi y ai-je profité, je vous prie, que d'un allongement de nom, et au lieu de George Dandin, d'avoir reçu par vous le titre de « Monsieur de la Dandinière » ?

Monsieur de Sotenville. – Ne comptez-vous rien, mon gendre, l'avantage d'être allié à la maison de Sotenville ?

Madame de Sotenville. – Et à celle de la Prudoterie, dont j'ai l'honneur d'être issue, maison où le ventre anoblit[17], et qui, par ce beau privilège, rendra vos enfants gentilshommes ?

17. Où la noblesse est transmise par la mère.

George Dandin. – Oui, voilà qui est bien, mes enfants seront gentilshommes ; mais je serai cocu, moi, si l'on n'y met ordre.

Monsieur de Sotenville. – Que veut dire cela, mon gendre ?

George Dandin. – Cela veut dire que votre fille ne vit pas comme il faut qu'une femme vive, et qu'elle fait des choses qui sont contre l'honneur.

Madame de Sotenville. – Tout beau ! prenez garde à ce que vous dites. Ma fille est d'une race trop pleine de vertu pour se porter[18] jamais à faire aucune chose dont l'honnêteté soit blessée ; et de la maison de la Prudoterie il y a plus de trois cents ans qu'on n'a point remarqué qu'il y ait eu de femme, Dieu merci, qui ait fait parler d'elle.

Monsieur de Sotenville. – Corbleu ! dans la maison de Sotenville on n'a jamais vu de coquette, et la bravoure n'y est pas plus héréditaire aux mâles que la chasteté aux femelles.

Madame de Sotenville. – Nous avons eu une Jacqueline de la Prudoterie qui ne voulut jamais être la maîtresse d'un duc et pair[19], gouverneur de notre province.

Monsieur de Sotenville. – Il y a eu une Mathurine de Sotenville qui refusa vingt mille écus d'un favori du Roi, qui ne lui demandait seulement que la faveur de lui parler.

George Dandin. – Ho bien ! votre fille n'est pas si difficile que cela, et elle s'est apprivoisée depuis qu'elle est chez moi.

Monsieur de Sotenville. – Expliquez-vous, mon gendre. Nous ne sommes point gens à la supporter dans de mauvaises actions, et nous serons les premiers, sa mère et moi, à vous en faire la justice[20].

18. Se laisser aller à. **19.** Noble de haut rang. **20.** Vous donner raison.

MADAME DE SOTENVILLE. – Nous n'entendons point raillerie[21] sur les matières de l'honneur, et nous l'avons élevée dans toute la sévérité possible.

GEORGE DANDIN. – Tout ce que je vous puis dire, c'est qu'il y a ici un certain courtisan que vous avez vu, qui est amoureux d'elle à ma barbe, et qui lui a fait faire des protestations[22] d'amour qu'elle a très humainement écoutées.

MADAME DE SOTENVILLE. – Jour de Dieu ! je l'étranglerais de mes propres mains, s'il fallait qu'elle forlignât[23] de l'honnêteté de sa mère.

MONSIEUR DE SOTENVILLE. – Corbleu ! je lui passerais mon épée au travers du corps, à elle et au galant, si elle avait forfait à[24] son honneur.

GEORGE DANDIN. – Je vous ai dit ce qui se passe pour vous faire mes plaintes, et je vous demande raison de[25] cette affaire-là.

MONSIEUR DE SOTENVILLE. – Ne vous tourmentez point, je vous la ferai de tous deux[26], et je suis homme pour serrer le bouton à[27] qui que ce puisse être. Mais êtes-vous bien sûr aussi de ce que vous nous dites ?

GEORGE DANDIN. – Très sûr.

MONSIEUR DE SOTENVILLE. – Prenez bien garde au moins ; car, entre gentilshommes, ce sont des choses chatouilleuses, et il n'est pas question d'aller faire ici un pas de clerc[28].

GEORGE DANDIN. – Je ne vous ai rien dit, vous dis-je, qui ne soit véritable.

21. Nous n'acceptons pas la plaisanterie.
22. Déclarations.
23. S'écartât de la ligne tracée par ses ancêtres.
24. Trahi.
25. Justice à propos de.
26. Je vous jugerai tous deux.
27. Contraindre.
28. Un faux pas, une erreur.

MONSIEUR DE SOTENVILLE. – Mamour, allez-vous-en parler à votre fille, tandis qu'avec mon gendre j'irai parler à l'homme.

MADAME DE SOTENVILLE. – Se pourrait-il, mon fils[29], qu'elle s'oubliât de la sorte, après le sage exemple que vous savez vous-même que je lui ai donné ?

MONSIEUR DE SOTENVILLE. – Nous allons éclaircir l'affaire. Suivez-moi, mon gendre, et ne vous mettez pas en peine. Vous verrez de quel bois nous nous chauffons lorsqu'on s'attaque à ceux qui nous peuvent appartenir[30].

GEORGE DANDIN. – Le voici qui vient vers nous.

Maquettes de costumes de M.-H. Dasté pour *George Dandin*: M. et Mme de Sotenville.

29. Terme d'affection employé parfois par une épouse à l'égard de son mari.
30. Ceux qui nous touchent de près.

Repérer et analyser

La progression du monologue (scène 3)

1 **a.** Quels reproches Dandin se fait-il à lui-même ?
b. Quelle est, aux yeux de Dandin, la faute dont sa femme s'est rendue coupable ? Quelle décision prend-il ?

Les relations entre les personnages (scène 4)

2 **a.** Pour quelles raisons George Dandin ne parvient-il pas à se faire écouter de ses beaux-parents ? Que lui reprochent-ils ?
b. Les Sotenville considèrent-ils leur gendre comme leur égal ? Citez le texte.

3 **a.** Quels avantages les Sotenville ont-ils obtenus par le mariage de leur fille avec Dandin ?
b. Quels ont été les avantages de Dandin ? A-t-il obtenu le titre de gentilhomme ?
c. Quand le spectateur a-t-il déjà été informé de ces avantages ?

4 **a.** Par l'utilisation de quel terme cru (l. 96) Dandin parvient-il à se faire écouter de ses beaux-parents ?
b. Pour quelle raison les Sotenville ne croient-ils pas leur gendre ? Quels sont leurs arguments ? Vous semblent-ils pertinents ?
c. À quoi les Sotenville sont-ils prêts cependant ?

Le comique

Le comique de situation : les apartés

5 Relevez les paroles prononcées en aparté par George Dandin dans la scène 4. Quel sentiment exprime-t-il au cours de ces apartés ? Quel est l'effet produit ?

La caricature

La *caricature* consiste à exagérer et déformer les traits physiques ou moraux d'une personne pour s'en moquer.

6 En quoi les Sotenville sont-ils des caricatures de certains nobles de campagne destinées à faire rire les nobles de la Cour ? Pour répondre :
– montrez en citant des expressions précises que les Sotenville se rendent ridicules par leur prétention au beau langage ;

– relevez des propos où, croyant démontrer la supériorité de leurs ancêtres, les Sotenville ne font que se ridiculiser, eux et ceux qu'ils citent en exemple ;
– montrez en citant le texte que les Sotenville sont indignés à l'idée d'une possible inconduite de leur fille. En quoi l'expression de cette indignation est-elle excessive et caricaturale ?

Le comique de mots

7 La maison de « la Prudoterie » (l. 92) : que signifie le mot « prude » ? En quoi ce nom de « Prudoterie » est-il comique ?

8 Relevez quelques exemples de niveau de langage familier utilisé par Dandin. Quel est l'effet produit par la coexistence des niveaux de langage utilisés par les Sotenville et par Dandin ?

9 Relevez dans les propos de M. et Mme de Sotenville des parallélismes et des effets d'écho comiques.

La visée et les attentes du spectateur

10 **a.** En quoi ces scènes visent-elles à faire rire ?
b. De quels personnages est-il fait la satire ?

11 À quelle suite le spectateur peut-il s'attendre ?

Écrire

Rédiger un court monologue

12 Rédigez un court monologue (deux ou trois phrases) dans lequel un personnage regrette d'avoir commis une grave erreur et engage les autres à ne pas en faire autant.

Imaginer des didascalies

13 Dans la scène 4, seules sont indiquées les didascalies d'énonciation. Imaginez-en quelques-unes concernant les déplacements, les gestes et les intonations des personnages.

Se documenter

Une classe privilégiée, la noblesse

La noblesse constitue, après le clergé, le deuxième des ordres privilégiés. Le troisième ordre, le tiers état, regroupe les roturiers et ne jouit d'aucun privilège. Par rapport à l'ensemble de la population, la noblesse est très minoritaire : un et demi pour cent environ. Mais elle est prépondérante et l'anoblissement est, pour les bourgeois et les paysans riches, le but ultime de toute ambition sociale.

La noblesse est une classe héréditaire, se considérant elle-même comme une sorte de race à part où les vertus anciennes, l'honneur, le courage militaire, se transmettent par filiation. Par le seul fait de la naissance, le noble lègue à ses fils sa supériorité de classe. Plus une famille peut faire remonter loin l'origine de son anoblissement, plus elle est fière de sa race.

Au XVIIe siècle, on distingue la noblesse « ancienne » qui peut faire remonter son titre à trois ou quatre générations au moins (ce sont les « quartiers » de noblesse) et la noblesse « moderne », créée régulièrement par le principe de l'anoblissement. On trouve celle-ci surtout dans les villes, à Paris ou à la Cour. Elle a acheté à un prix élevé la charge qui lui a permis d'obtenir un titre, et elle est généralement méprisée par les nobles « anciens ». Parmi ceux-ci, on trouve essentiellement les riches familles des « Grands », proches du roi, la noblesse parlementaire, et les gentilshommes campagnards. Ces derniers (dont font partie les Sotenville) sont souvent pauvres et vivent surtout sur leurs terres, dans un manoir souvent délabré. Ils entretiennent un culte profond pour le métier des armes, ils ont du mal à établir leurs enfants. C'est pourquoi une riche alliance est pour eux une aubaine. Pas très nombreux (quelques milliers de familles), ils sont souvent critiqués et méprisés pour leur provincialisme et leur conservatisme.

Acte premier

Scène 5

MONSIEUR DE SOTENVILLE, CLITANDRE, GEORGE DANDIN.

MONSIEUR DE SOTENVILLE. – Monsieur, suis-je connu de vous ?

CLITANDRE. – Non pas, que je sache, Monsieur.

MONSIEUR DE SOTENVILLE. – Je m'appelle le baron de Sotenville.

CLITANDRE. – Je m'en réjouis fort.

MONSIEUR DE SOTENVILLE. – Mon nom est connu à la cour, et j'eus l'honneur dans ma jeunesse de me signaler des premiers à l'arrière-ban[1] de Nancy[2].

CLITANDRE. – À la bonne heure.

MONSIEUR DE SOTENVILLE. – Monsieur, mon père Jean-Gilles de Sotenville eut la gloire d'assister en personne au grand siège de Montauban[3].

CLITANDRE. – J'en suis ravi.

MONSIEUR DE SOTENVILLE. – Et j'ai eu un aïeul, Bertrand de Sotenville, qui fut si considéré en son temps que d'avoir permission[4] de vendre tout son bien pour le voyage d'outremer[5].

1. L'assemblée de tous les nobles d'une province.
2. En 1635, l'arrière-ban de Lorraine fut convoqué pour soutenir la garnison de Nancy. Or sa conduite fut peu glorieuse.
3. La ville de Montauban fut assiégée par Louis XIII, en 1621. Mais l'opération fut un échec.
4. Qu'il eut la permission.
5. Il s'agit d'une expédition de gentilshommes menée par le duc de la Feuillade en 1668 contre les Turcs, lors du siège de Candie par les Vénitiens.

CLITANDRE. – Je le veux croire.

MONSIEUR DE SOTENVILLE. – Il m'a été rapporté, Monsieur, que vous aimez et poursuivez une jeune personne, qui est ma fille, pour laquelle je m'intéresse[6], et pour l'homme (*montrant George Dandin*) que vous voyez, qui a l'honneur d'être mon gendre.

CLITANDRE. – Qui ? moi ?

MONSIEUR DE SOTENVILLE. – Oui ; et je suis bien aise de vous parler, pour tirer de vous, s'il vous plaît, un éclaircissement de cette affaire.

CLITANDRE. – Voilà une étrange médisance ! Qui vous a dit cela, monsieur ?

MONSIEUR DE SOTENVILLE. – Quelqu'un qui croit le bien savoir.

CLITANDRE. – Ce quelqu'un-là en a menti. Je suis honnête homme. Me croyez-vous capable, monsieur, d'une action aussi lâche que celle-là ? Moi, aimer une jeune et belle personne qui a l'honneur d'être la fille de Monsieur le baron de Sotenville ! je vous révère[7] trop pour cela, et suis trop votre serviteur. Quiconque vous l'a dit est un sot.

MONSIEUR DE SOTENVILLE. – Allons, mon gendre.

GEORGE DANDIN. – Quoi ?

CLITANDRE. – C'est un coquin et un maraud[8].

MONSIEUR DE SOTENVILLE, *à George Dandin*. – Répondez.

GEORGE DANDIN. – Répondez vous-même.

6. Dont je me préoccupe.
7. Respecte.
8. Canaille.

CLITANDRE. – Si je savais qui ce peut être, je lui donnerais, en votre présence, de l'épée dans le ventre.

MONSIEUR DE SOTENVILLE, *à George Dandin.* – Soutenez[9] donc la chose.

GEORGE DANDIN. – Elle est toute soutenue. Cela est vrai.

CLITANDRE. – Est-ce votre gendre, Monsieur, qui...

MONSIEUR DE SOTENVILLE. – Oui, c'est lui-même qui s'en est plaint à moi.

CLITANDRE. – Certes, il peut remercier l'avantage qu'il a de vous appartenir ; et, sans cela, je lui apprendrais bien à tenir de pareils discours d'une personne comme moi.

Maquette de costume de M.-H. Dasté pour *George Dandin* : Clitandre.

9. Défendez.

Questions

Repérer et analyser

La progression du dialogue

1 Quelle accusation M. de Sotenville formule-t-il à l'encontre de Clitandre ? Que cherche-t-il à obtenir de lui ?

2 **a.** Quelle est la réaction de Clitandre face à ces accusations ? Montrez qu'il prend le dessus sur les autres personnages.

b. Pour quelle raison la réponse qu'il fait à M. de Sotenville (l. 33 à 38) suffit-elle à convaincre ce dernier ? Cette réponse vous semble-t-elle être celle d'un « honnête homme » (l. 33-34) ?

3 Clitandre s'adresse-t-il à Dandin ? Et le regarde-t-il ?

4 Dans quelle situation Dandin se trouve-t-il à la fin du dialogue ? Que traduit la brièveté de ses répliques (l. 40, 43 et 48) ?

Le comique

5 Qu'y a-t-il de comique dans la présentation que fait M. de Sotenville de lui-même et de ses ancêtres à Clitandre ?

Étudier le lexique

Autour de la médisance

6 Clitandre se plaint d'être la victime d'une « médisance ». Cherchez le sens de ce mot et dites quelle différence il y a entre une « médisance », un « mensonge », une « calomnie », une « diffamation », un « dénigrement », un « commérage ».

Écrire

Écrire une lettre

7 Clitandre écrit à un ami pour lui raconter comment il a aperçu une jeune femme mariée qui lui a plu. Il lui raconte la façon dont il s'y est pris pour lui faire la cour, lui fait part des précautions qu'il a prises, lui brosse le portrait de M. de Sotenville et de George Dandin. Vous respecterez les personnages et la situation de la pièce.

Acte premier

Scène 6

MONSIEUR ET MADAME DE SOTENVILLE, ANGÉLIQUE, CLITANDRE, GEORGE DANDIN, CLAUDINE.

MADAME DE SOTENVILLE. – Pour ce qui est de cela, la jalousie est une étrange chose ! J'amène ici ma fille pour éclaircir l'affaire en présence de tout le monde.

CLITANDRE, *à Angélique.* – Est-ce donc vous, Madame, qui avez dit à votre mari que je suis amoureux de vous ?

ANGÉLIQUE. – Moi ? Et comment lui aurais-je dit ? Est-ce que cela est ? Je voudrais bien le voir, vraiment, que vous fussiez amoureux de moi ! Jouez-vous-y[1], je vous en prie, vous trouverez à qui parler. C'est une chose que je vous conseille de faire. Ayez recours, pour voir, à tous les détours des amants : essayez un peu, par plaisir, à[2] m'envoyer des ambassades[3], à m'écrire secrètement de petits billets doux, à épier les moments que mon mari n'y sera pas, ou le temps que je sortirai, pour me parler de votre amour. Vous n'avez qu'à y venir, je vous promets que vous serez reçu comme il faut.

CLITANDRE. – Hé ! là, là, Madame, tout doucement. Il n'est pas nécessaire de me faire tant de leçons, et de vous tant scandaliser. Qui vous dit que je songe à vous aimer ?

ANGÉLIQUE. – Que sais-je, moi, ce qu'on me vient conter ici ?

CLITANDRE. – On dira ce que l'on voudra ; mais vous savez si je vous ai parlé d'amour, lorsque je vous ai rencontrée.

1. Amusez-vous à cela. 2. De. 3. Messagers.

ANGÉLIQUE. – Vous n'aviez qu'à le faire, vous auriez été bien venu.

CLITANDRE. – Je vous assure qu'avec moi vous n'avez rien à craindre ; que je ne suis point homme à donner du chagrin aux belles ; et que je vous respecte trop, et vous et Messieurs vos parents, pour avoir la pensée d'être amoureux de vous.

MADAME DE SOTENVILLE, *à George Dandin.* – Hé bien ! vous le voyez.

MONSIEUR DE SOTENVILLE. – Vous voilà satisfait, mon gendre. Que dites-vous à cela ?

GEORGE DANDIN. – Je dis que ce sont là des contes à dormir debout ; que je sais bien ce que je sais, et que tantôt, puisqu'il faut parler, elle a reçu une ambassade de sa part.

ANGÉLIQUE. – Moi, j'ai reçu une ambassade ?

CLITANDRE. – J'ai envoyé une ambassade ?

ANGÉLIQUE. – Claudine.

CLITANDRE, *à Claudine.* – Est-il vrai ?

CLAUDINE. – Par ma foi, voilà une étrange fausseté !

GEORGE DANDIN. – Taisez-vous, carogne[4] que vous êtes. Je sais de vos nouvelles, et c'est vous qui tantôt avez introduit le courrier.

CLAUDINE. – Qui, moi ?

GEORGE DANDIN. – Oui, vous. Ne faites point tant la sucrée.

CLAUDINE. – Hélas ! que le monde aujourd'hui est rempli de méchanceté, de m'aller soupçonner ainsi, moi qui suis l'innocence même !

4. Insulte : charogne.

GEORGE DANDIN. – Taisez-vous, bonne pièce[5]. Vous faites la sournoise ; mais je vous connais il y a longtemps, et vous êtes une dessalée[6].

CLAUDINE, *à Angélique.* – Madame, est-ce que... ?

GEORGE DANDIN. – Taisez-vous, vous dis-je, vous pourriez bien porter la folle enchère de tous les autres[7] et vous n'avez point de père gentilhomme.

ANGÉLIQUE. – C'est une imposture[8] si grande, et qui me touche si fort au cœur, que je ne puis pas même avoir la force d'y répondre. Cela est bien horrible d'être accusée par un mari lorsqu'on ne lui fait rien qui ne soit à faire. Hélas ! si je suis blâmable de quelque chose, c'est d'en user trop bien avec lui.

CLAUDINE. – Assurément.

ANGÉLIQUE. – Tout mon malheur est de le trop considérer ; et plût au Ciel que je fusse capable de souffrir, comme il dit, les galanteries de quelqu'un ! Je ne serais pas tant à plaindre. Adieu : je me retire, et je ne puis plus endurer qu'on m'outrage de cette sorte.

MADAME DE SOTENVILLE, *à George Dandin.* – Allez, vous ne méritez pas l'honnête femme qu'on vous a donnée.

CLAUDINE. – Par ma foi ! il mériterait qu'elle lui fît dire vrai ; et si j'étais en sa place, je n'y marchanderais pas[9]. (*À Clitandre.*) Oui, Monsieur, vous devez pour le punir, faire l'amour[10] à ma maîtresse. Poussez[11], c'est moi qui vous le dis, ce sera fort bien employé ; et je m'offre à vous y servir, puisqu'il m'en a déjà taxée. (*Claudine sort.*)

5. Personne rusée et malicieuse.
6. Délurée.
7. Payer pour tous les autres.
8. Calomnie, mensonge.
9. Je n'hésiterais pas.
10. Faire la cour.
11. Allez de l'avant.

Monsieur de Sotenville. – Vous méritez, mon gendre, qu'on vous dise ces choses-là ; et votre procédé met tout le monde contre vous.

Madame de Sotenville. – Allez, songez à mieux traiter une demoiselle bien née, et prenez garde désormais à ne plus faire de pareilles bévues[12].

George Dandin, *à part*. – J'enrage de bon cœur d'avoir tort, lorsque j'ai raison.

Clitandre, *à M. de Sotenville*. – Monsieur, vous voyez comme j'ai été faussement accusé : vous êtes homme qui savez les maximes du point d'honneur[13] et je vous demande raison de l'affront qui m'a été fait.

Monsieur de Sotenville. – Cela est juste, et c'est l'ordre des procédés. Allons, mon gendre, faites[14] satisfaction à Monsieur.

George Dandin. – Comment satisfaction ?

Monsieur de Sotenville. – Oui, cela se doit dans les règles pour l'avoir à tort accusé.

George Dandin. – C'est une chose, moi, dont je ne demeure pas d'accord, de l'avoir à tort accusé, et je sais bien ce que j'en pense.

Monsieur de Sotenville. – Il n'importe. Quelque pensée qui vous puisse rester, il a nié : c'est satisfaire les personnes[15] et l'on n'a nul droit de se plaindre de tout homme qui se dédit.

George Dandin. – Si bien donc que si je le trouvais couché avec ma femme, il en serait quitte pour se dédire ?

12. Grossières erreurs.
13. Les règles du code de l'honneur.
14. Donnez.
15. Réparer le tort qu'on a pu leur faire.

MONSIEUR DE SOTENVILLE. – Point de raisonnement. Faites-lui les excuses que je vous dis.

GEORGE DANDIN. – Moi, je lui ferai encore des excuses après… ?

MONSIEUR DE SOTENVILLE. – Allons, vous dis-je. Il n'y a rien à balancer[16] et vous n'avez que faire d'avoir peur d'en trop faire, puisque c'est moi qui vous conduis.

GEORGE DANDIN. – Je ne saurais…

MONSIEUR DE SOTENVILLE. – Corbleu ! mon gendre, ne m'échauffez pas la bile : je me mettrais avec lui contre vous. Allons, laissez-vous gouverner par moi.

GEORGE DANDIN, *à part*. – Ah ! George Dandin !

MONSIEUR DE SOTENVILLE. – Votre bonnet à la main, le premier : Monsieur est gentilhomme, et vous ne l'êtes pas.

GEORGE DANDIN, *à part, le bonnet à la main*. – J'enrage.

MONSIEUR DE SOTENVILLE. – Répétez après moi : « Monsieur. »

GEORGE DANDIN. – « Monsieur. »

MONSIEUR DE SOTENVILLE. (*Il voit que son gendre fait difficulté de lui obéir.*) – « Je vous demande pardon. » Ah !

GEORGE DANDIN. – « Je vous demande pardon. »

MONSIEUR DE SOTENVILLE. – « Des mauvaises pensées que j'ai eues de vous. »

GEORGE DANDIN. – « Des mauvaises pensées que j'ai eues de vous. »

MONSIEUR DE SOTENVILLE. – « C'est que je n'avais pas l'honneur de vous connaître. »

16. Pas à hésiter.

GEORGE DANDIN. – « C'est que je n'avais pas l'honneur de vous connaître. »

MONSIEUR DE SOTENVILLE. – « Et je vous prie de croire. »

GEORGE DANDIN. – « Et je vous prie de croire. »

MONSIEUR DE SOTENVILLE. – « Que je suis votre serviteur[17] ».

GEORGE DANDIN. – Voulez-vous que je sois serviteur d'un homme qui me veut faire cocu ?

MONSIEUR DE SOTENVILLE. (*Il le menace encore.*) – Ah !

CLITANDRE. – Il suffit, Monsieur.

MONSIEUR DE SOTENVILLE. – Non : je veux qu'il achève, et que tout aille dans les formes. « Que je suis votre serviteur. »

Gravure de J.-J. Leveau d'après J.-M. Moreau le Jeune pour *George Dandin*.

17. Je vous présente mes respects.

GEORGE DANDIN. – « Que je suis votre serviteur. »

CLITANDRE, *à George Dandin.* – Monsieur, je suis le vôtre de tout mon cœur, et je ne songe plus à ce qui s'est passé. (*À M. de Sotenville.*) Pour vous, Monsieur, je vous donne le bonjour, et suis fâché du petit chagrin que vous avez eu.

MONSIEUR DE SOTENVILLE. – Je vous baise les mains ; et quand il vous plaira, je vous donnerai le divertissement de courre un lièvre[18].

CLITANDRE. – C'est trop de grâce que vous me faites. (*Clitandre sort.*)

MONSIEUR DE SOTENVILLE. – Voilà, mon gendre, comme il faut pousser[19] les choses. Adieu. Sachez que vous êtes entré dans une famille qui vous donnera de l'appui, et ne souffrira point que l'on vous fasse aucun affront.

Acte premier

Scène 7

GEORGE DANDIN.

GEORGE DANDIN, *seul.* – Ah ! que je... Vous l'avez voulu, vous l'avez voulu, George Dandin, vous l'avez voulu, cela vous sied[20] fort bien, et vous voilà ajusté[21] comme il faut ; vous avez justement ce que vous méritez. Allons, il s'agit seulement de désabuser le père et la mère, et je pourrai trouver peut-être quelque moyen d'y réussir.

18. Chasser le lièvre.
19. Régler.
20. Convient.
21. Traité.

Questions

Repérer et analyser

L'enchaînement des scènes

1 Quels sont les personnages qui entrent en scène ? Pour quelle raison ? Pour répondre, retrouvez la réplique de la scène 4 à laquelle fait suite la première réplique de la scène 6.

La circulation de la parole

2 **a.** Dès l'entrée en scène d'Angélique, quel personnage a l'initiative de la parole ?
b. Après le départ d'Angélique, quels personnages prennent la parole ? Qui accusent-ils ?
c. À la fin de la scène, quel personnage reprend l'initiative de la parole ?
d. Qu'en est-il de George Dandin ? Venu pour accuser, a-t-il l'initiative de la parole ?

L'enjeu et la progression du dialogue

3 Quel est l'enjeu du dialogue ? Pour répondre, dites ce que cherche à obtenir Dandin. Quels personnages sont pris à témoin ?

4 **a.** Pour quelle raison selon vous Clitandre prend-il l'initiative de s'adresser d'abord à Angélique ? Quelle occasion lui offre-t-il ?
b. En quoi la réponse d'Angélique est-elle habile ? Montrez en citant le texte qu'elle sait tirer parti des circonstances.
c. Comparez la situation d'Angélique au début et à la fin de la scène. Pour quelle raison quitte-t-elle la scène ? Montrez qu'elle passe d'accusée à accusatrice.

5 En quoi Claudine est-elle précieuse pour sa maîtresse ?

6 À la fin de la scène, quelle est la position de Dandin ? A-t-il réussi ou échoué dans son entreprise ?

L'énonciation : effets de brouillage et de mise en scène

La scène 6 présente des effets de brouillage entre les émetteurs et les destinataires de certaines répliques : il est parfois difficile de savoir à qui s'adressent certaines paroles. Ces effets de brouillage témoignent de l'enjeu du dialogue où la parole est mise en scène par chacun.

7 En quoi peut-on dire que les personnages jouent une scène de théâtre dans le théâtre ? Pour répondre, dites quelle comédie jouent Angélique et Clitandre au début de la scène et quelle comédie Dandin est contraint de jouer à la fin de la scène.

8 **a.** À qui Angélique s'adresse-t-elle lorsqu'elle répond à Clitandre au début de la scène (l. 6 à 15) ?

b. En quoi ses paroles sont-elles à double sens (notamment les lignes 14-15 : « Vous n'avez qu'à y venir, je vous promets que vous serez reçu comme il faut ») ? Que comprend Clitandre à ces paroles ? Que comprennent les Sotenville ? Que comprend Dandin ?

9 Selon vous, George Dandin ne s'adresse-t-il qu'à Claudine lorsqu'il lui dit : « Taisez-vous, carogne que vous êtes » (l. 40) ?

10 À qui Dandin est-il contraint de s'adresser à la fin de la scène ? Est-il alors le véritable émetteur ?

11 Angélique et George Dandin se sont-ils adressés directement la parole au cours de la scène ? Se sont-ils seulement regardés ?

Le personnage de George Dandin

12 **a.** Quelle est la situation de George Dandin à la fin de l'acte ? Dans quel état d'esprit est-il ? Quel projet forme-t-il ?

b. Montrez que dans cette scène, comme dans l'ensemble de l'acte, il apparaît comme seul contre tous. Appuyez-vous sur les monologues qui ouvrent et clôturent l'acte.

Le comique

13 **a.** Citez quelques répliques ou apartés de George Dandin qui suscitent le rire. Identifiez le type de comique (mots, gestes, situation).

b. Quel est l'effet produit par les excuses de Dandin à Clitandre ?

c. La situation de Dandin est-elle entièrement comique ? Justifiez.

14 En quoi la dernière réplique de M. de Sotenville est-elle comique ?

Les attentes du spectateur

15 **a.** George Dandin vous semble-t-il avoir les moyens du projet qu'il forme (scène 7) ?

b. Le spectateur s'attend-il à ce qu'il réussisse ?

Se documenter

Une fête à Versailles

George Dandin ou le Mari confondu fut joué pour la première fois lors du Grand Divertissement royal de Versailles le 18 juillet 1668, voulu par Louis XIV pour fêter la paix d'Aix-la-Chapelle qui suivait la conquête de la Franche-Comté et donnait une partie de la Flandre à la France. Le roi aimait organiser de grandes fêtes somptueuses dans le château et les jardins. Elles étaient longuement préparées, les divertissements y étaient variés, le public nombreux, et elles duraient plusieurs jours. Ce n'était pas la première fois que Molière et sa troupe y participaient.

Pour cette fête, on s'attacha particulièrement à soigner la décoration des jardins, dans lesquels furent installés de véritables salons de verdure. On disposa en plusieurs endroits d'extraordinaires tables pour les goûters (appelés collations) et les soupers. Nous possédons une très longue et minutieuse description de ces festivités, écrite et publiée à l'époque par Félibien, historiographe des bâtiments du roi (1619-1695) dont nous donnerons plusieurs extraits.

Voici comment il parle de ces installations :

« Au milieu de ce cabinet, il y a une fontaine dont le bassin est bordé de gazon. De ce bassin sortoient[1] cinq tables en manière de buffets, chargées de toutes les choses qui peuvent composer une collation magnifique.

L'une de ces tables représentoit une montagne, où dans plusieurs espèces de cavernes on voyoit diverses sortes de viandes froides ; l'autre étoit comme la face d'un palais bâti de massepains[2] et de pâtes sucrées. Il y en avoit une chargée de pyramides de confitures sèches ; une autre d'une infinité de vases remplis de toutes sortes de liqueurs ; et la dernière étoit composée de caramels. Toutes ces tables dont les plans étoient ingénieusement formés en divers compartiments, étoient couvertes d'une infinité de choses délicates, et disposées d'une manière toute nouvelle ».

1. Sortaient ; la terminaison du verbe à l'imparfait de l'indicatif s'écrivait ainsi à l'époque.
2. Pâtisseries faites d'amandes pilées, de sucre et de blancs d'œuf.

« D'abord l'on vit sur le théâtre une collation magnifique d'oranges de Portugal et de toutes sortes de fruits, chargés à fond et en pyramides dans trente-six corbeilles, qui furent servies à toute la cour par le maréchal de Bellefond, et par plusieurs seigneurs pendant que le sieur de Launay, intendant des menus plaisirs et affaires de la chambre, donnoit de tous côtés des imprimés qui contenoient le sujet de la comédie et du ballet. »

La comédie fut jouée, avec le ballet qui l'accompagnait, dans un théâtre de verdure.

Le tout se termina par des feux d'artifice et un bal.

16 Au mois de mai 1664, Molière et sa troupe avaient également participé à une autre grande fête royale, celle des *Plaisirs de l'Île enchantée*. Comment se déroula cette fête ? Quel spectacle Molière y joua-t-il avec sa troupe ?

Le théâtre à l'époque de Molière

George Dandin fut donné deux fois au cours de ces journées de fête. La pièce fut ensuite jouée à Paris dans le théâtre où Molière et sa troupe travaillaient ordinairement : le Palais-Royal. C'était une grande salle, longue et étroite comme les théâtres d'alors, autour de laquelle étaient disposées des loges et des galeries.

Elle contenait mille deux cents places. La plupart des spectateurs étaient debout au parterre. Quelques-uns s'installaient même sur la scène, des hommes seulement, isolés des comédiens par des balustrades. Le public du parterre (masculin : les femmes étaient dans les loges ou les galeries) était agité, fort peu attentif au texte : on s'interpellait, on criait, on sifflait... Les prix des places variaient d'un demi-louis à un louis. Mais les Grands (princes du sang, ducs et pairs), les mousquetaires et les pages du roi étaient dispensés de payer leur place. Ces derniers provoquaient des désordres que le lieutenant de police devait réprimer. La mise en scène, d'abord très simple, devint de plus en plus somptueuse et compliquée. On se mit à réaliser des changements à vue, des effets de perspective, et grâce à des machineries ingénieuses, on arriva à montrer des spectacles grandioses : la mer déchaînée, la lune, les astres, les nuages... On jouait aussi bien la comédie que la tragédie, très importante à l'époque.

Acte II

Scène première

CLAUDINE, LUBIN.

CLAUDINE. – Oui, j'ai bien deviné qu'il fallait que cela vînt de toi, et que tu l'eusses dit à quelqu'un qui l'ait rapporté à notre maître.

LUBIN. – Par ma foi ! je n'en ai touché qu'un petit mot en passant à un homme, afin qu'il ne dît point qu'il m'avait vu sortir, et il faut que les gens en ce pays-ci soient de grands babillards.

CLAUDINE. – Vraiment, ce Monsieur le Vicomte a bien choisi son monde, que de te prendre pour son ambassadeur, et il s'est allé servir là d'un homme bien chanceux[1].

LUBIN. – Va, une autre fois je serai plus fin, et je prendrai mieux garde à moi.

CLAUDINE. – Oui, oui, il sera temps.

LUBIN. – Ne parlons plus de cela. Écoute.

CLAUDINE. – Que veux-tu que j'écoute ?

LUBIN. – Tourne un peu ton visage devers[2] moi.

CLAUDINE. – Hé bien, qu'est-ce ?

LUBIN. – Claudine.

CLAUDINE. – Quoi ?

LUBIN. – Hé ! là, ne sais-tu pas bien ce que je veux dire ?

1. Favorisé par la chance (ironique).

2. vers.

CLAUDINE. – Non.

LUBIN. – Morgué ! je t'aime.

CLAUDINE. – Tout de bon ?

LUBIN. – Oui, le diable m'emporte ! tu me peux croire, puisque j'en jure.

CLAUDINE. – À la bonne heure.

LUBIN. – Je me sens tout tribouiller[3] le cœur quand je te regarde.

CLAUDINE. – Je m'en réjouis.

LUBIN. – Comment est-ce que tu fais pour être si jolie ?

CLAUDINE. – Je fais comme font les autres.

LUBIN. – Vois-tu ? Il ne faut point tant de beurre pour faire un quarteron[4] : si tu veux, tu seras ma femme, je serai ton mari, et nous serons tous deux mari et femme.

CLAUDINE. – Tu serais peut-être jaloux comme notre maître.

LUBIN. – Point.

CLAUDINE. – Pour moi, je hais les maris soupçonneux, et j'en veux un qui ne s'épouvante de rien, un si plein de confiance, et si sûr de ma chasteté, qu'il me vît sans inquiétude au milieu de trente hommes.

LUBIN. – Hé bien ! je serai tout comme cela.

CLAUDINE. – C'est la plus sotte chose du monde que de se défier d'une femme, et de la tourmenter. La vérité de l'affaire est qu'on n'y gagne rien de bon : cela nous fait songer à mal,

3. Remuer.
4. Quart de livre (la phrase est un proverbe : La chose peut se faire sans cérémonie).

et ce sont souvent les maris qui, avec leurs vacarmes, se font eux-mêmes ce qu'ils sont.

LUBIN. – Hé bien ! je te donnerai la liberté de faire tout ce qu'il te plaira.

CLAUDINE. – Voilà comme il faut faire pour n'être point trompé. Lorsqu'un mari se met à notre discrétion[5], nous ne prenons de liberté que ce qu'il nous en faut, et il en est comme avec ceux qui nous ouvrent leur bourse et nous disent : « Prenez. » Nous en usons honnêtement, et nous nous contentons de la raison[6]. Mais ceux qui nous chicanent, nous nous efforçons de les tondre[7], et nous ne les épargnons point.

LUBIN. – Va, je serai de ceux qui ouvrent leur bourse, et tu n'as qu'à te marier avec moi.

CLAUDINE. – Hé bien, bien, nous verrons.

LUBIN. – Viens donc ici, Claudine.

CLAUDINE. – Que veux-tu ?

LUBIN. – Viens, te dis-je.

CLAUDINE. – Ah ! doucement : je n'aime pas les patineurs[8].

LUBIN. – Eh ! un petit brin d'amitié.

CLAUDINE. – Laisse-moi là, te dis-je : je n'entends pas raillerie.

LUBIN. – Claudine.

CLAUDINE, *repoussant Lubin*. – Ahy !

LUBIN. – Ah ! que tu es rude à pauvres gens. Fi ! que cela est malhonnête de refuser les personnes ! N'as-tu point de honte d'être belle, et de ne vouloir pas qu'on te caresse ? Eh là !

5. Nous fait confiance.
6. Ce qui est raisonnable.
7. Leur soutirer de l'argent.
8. Qui caressent.

CLAUDINE. – Je te donnerai[9] sur le nez.

LUBIN. – Oh ! la farouche, la sauvage. Fi, pouah ! la vilaine, qui est cruelle.

CLAUDINE. – Tu t'émancipes trop.

LUBIN. – Qu'est-ce que cela te coûterait de me laisser un peu faire ?

CLAUDINE. – Il faut que tu te donnes[10] patience.

LUBIN. – Un petit baiser seulement, en rabattant sur notre mariage[11].

CLAUDINE. – Je suis votre servante[12].

LUBIN. – Claudine, je t'en prie, sur l'et-tant-moins[13].

CLAUDINE. – Eh ! que nenni[14], j'y ai déjà été attrapée. Adieu. Va-t'en, et dis à Monsieur le Vicomte que j'aurai soin de rendre son billet.

LUBIN. – Adieu, beauté rude ânière[15].

CLAUDINE. – Le mot est amoureux.

LUBIN. – Adieu, rocher, caillou, pierre de taille, et tout ce qu'il y a de plus dur au monde.

CLAUDINE, *seule*. – Je vais remettre aux mains de ma maîtresse... Mais la voici avec son mari : éloignons-nous, et attendons qu'elle soit seule.

9. Sous-entendu : « des coups ».
10. Que tu prennes.
11. En faisant une retenue sur.
12. Formule qui marque un refus ironique.
13. Comme acompte.
14. Non.
15. Qui parle rudement (comme un ânier à un âne récalcitrant).

Questions

Repérer et analyser

L'enchaînement des scènes et des actes

1 À quel événement Claudine et Lubin font-ils allusion dans leurs premières répliques ? Ont-ils compris que l'homme à qui Lubin a parlé imprudemment était George Dandin ?

2 **a.** Qu'apprend le spectateur aux lignes 82-83 ? Que s'apprête à faire Claudine à la fin de la scène ?
b. À partir de ce passage, dites ce qui s'est passé entre les actes I et II.

3 En quoi cette scène se rattache-t-elle à l'intrigue principale ? Est-elle nécessaire à l'action ?

Les relations entre les personnages

4 Quelle relation Lubin tente-t-il d'instaurer avec Claudine ? Que lui propose-t-il ? Quelle est la réaction de Claudine ?

5 **a.** En quoi Claudine est-elle supérieure à Lubin ? Comment le domine-t-elle ? Citez des passages où elle est ironique envers lui.
b. Relevez une phrase qui montre qu'elle a une certaine expérience des hommes.
c. Quelles sont ses idées sur le mariage ? Pour quelle raison selon vous a-t-elle sur le sujet des idées aussi nettes ?

6 Quelles sont les ressemblances et les différences entre le couple Angélique/Dandin et Claudine/Lubin ?

Le comique

7 En quoi Lubin suscite-t-il le rire dans cette scène ? Appuyez-vous sur son comportement et sur son langage.

Jouer la scène

8 Étudiez avec soin les lignes 56 à 83 : précisez les positions des acteurs, leurs gestes, leurs déplacements, leurs expressions et leurs mimiques ; essayez même de les exagérer un peu pour les rendre expressifs. Apprenez le texte par cœur et jouez ce court passage.

Acte II

Scène 2

GEORGE DANDIN, ANGÉLIQUE, CLITANDRE.

GEORGE DANDIN. – Non, non, on ne m'abuse pas[1] avec tant de facilité, et je ne suis que trop certain que le rapport que l'on m'a fait est véritable. J'ai de meilleurs yeux qu'on ne pense, et votre galimatias[2] ne m'a point tantôt ébloui[3].

CLITANDRE, *au fond du théâtre*. – Ah ! la voilà ; mais le mari est avec elle.

GEORGE DANDIN, *sans voir Clitandre*. – Au travers de toutes vos grimaces, j'ai vu la vérité de ce que l'on m'a dit, et le peu de respect que vous avez pour le nœud[4] qui nous joint. (*Clitandre et Angélique se saluent.*) Mon Dieu ! laissez là votre révérence, ce n'est pas de ces sortes de respect dont je vous parle, et vous n'avez que faire de vous moquer.

ANGÉLIQUE. – Moi, me moquer ! En aucune façon.

GEORGE DANDIN. – Je sais votre pensée (*Clitandre et Angélique se resaluent.*) et connais... (*Clitandre et Angélique se saluent encore.*) Encore ? Ah ! ne raillons pas davantage ! Je n'ignore pas qu'à cause de votre noblesse vous me tenez fort au-dessous de vous, et le respect que je vous veux dire[5] ne regarde point ma personne : j'entends parler de celui que vous devez à des nœuds aussi vénérables que le sont ceux du mariage. (*Angélique fait signe à Clitandre.*) Il ne faut point lever les épaules, et je ne dis point de sottises.

ANGÉLIQUE. – Qui songe à lever les épaules ?

1. On ne me trompe pas.
2. Discours embrouillé.
3. Aveuglé.
4. Engagement de fidélité.
5. Dont je vous parle.

GEORGE DANDIN. – Mon Dieu ! nous voyons clair. Je vous dis encore une fois que le mariage est une chaîne à laquelle on doit porter toute sorte de respect, et que c'est fort mal fait à vous d'en user comme vous faites. (*Angélique fait signe de la tête à Clitandre.*) Oui, oui, mal fait à vous ; et vous n'avez que faire de hocher la tête, et de me faire la grimace.

ANGÉLIQUE. – Moi ! Je ne sais ce que vous voulez dire.

GEORGE DANDIN. – Je le sais fort bien, moi ; et vos mépris me sont connus. Si je ne suis pas né noble, au moins suis-je d'une race où il n'y a point de reproche, et la famille des Dandin…

CLITANDRE, *derrière Angélique, sans être aperçu de Dandin.* – Un moment d'entretien.

GEORGE DANDIN, *sans voir Clitandre.* – Eh ?

ANGÉLIQUE. – Quoi ? Je ne dis mot.

Dandin, Angélique et Clitandre. Gravure de Bosq et Devilliers d'après A. Desenne.

George Dandin, *tourne autour de sa femme, et Clitandre se retire en faisant une grande révérence à George Dandin.* – Le voilà qui vient rôder autour de vous.

Angélique. – Hé bien, est-ce ma faute ? Que voulez-vous que j'y fasse ?

George Dandin. – Je veux que vous y fassiez ce que fait une femme qui ne veut plaire qu'à son mari. Quoi qu'on en puisse dire, les galants n'obsèdent[6] jamais que quand on le veut bien. Il y a un certain air doucereux qui les attire, ainsi que le miel fait les mouches ; et les honnêtes femmes ont des manières qui les savent chasser d'abord[7].

Angélique. – Moi, les chasser ? et par quelle raison ? Je ne me scandalise point qu'on me trouve bien faite, et cela me fait du plaisir.

George Dandin. – Oui. Mais quel personnage voulez-vous que joue un mari pendant cette galanterie ?

Angélique. – Le personnage d'un honnête homme qui est bien aise de voir sa femme considérée.

George Dandin. – Je suis votre valet. Ce n'est pas là mon compte, et les Dandin ne sont point accoutumés à cette mode-là.

Angélique. – Oh ! les Dandin s'y accoutumeront s'ils veulent. Car pour moi, je vous déclare que mon dessein n'est pas de renoncer au monde, et de m'enterrer toute vive dans un mari. Comment ? parce qu'un homme s'avise de nous épouser, il faut d'abord que toutes choses soient finies pour nous, et que nous rompions tout commerce[8] avec les vivants ? C'est une chose merveilleuse que cette tyrannie de Messieurs les maris, et je les trouve bons de vouloir qu'on soit morte à tous

6. Ne fréquentent assidûment. | **7.** Dès l'abord (tout de suite). | **8.** Relation.

les divertissements, et qu'on ne vive que pour eux. Je me moque de cela, et ne veux point mourir si jeune.

GEORGE DANDIN. – C'est ainsi que vous satisfaites aux engagements de la foi[9] que vous m'avez donnée publiquement ?

ANGÉLIQUE. – Moi ? Je ne vous l'ai point donnée de bon cœur, et vous me l'avez arrachée. M'avez-vous, avant le mariage, demandé mon consentement, et si je voulais bien de vous ? Vous n'avez consulté, pour cela, que mon père et ma mère ; ce sont eux proprement qui vous ont épousé, et c'est pourquoi vous ferez bien de vous plaindre toujours à eux des torts que l'on pourra vous faire. Pour moi, qui ne vous ai point dit de vous marier avec moi, et que vous avez prise sans consulter mes sentiments, je prétends n'être point obligée à me soumettre en esclave à vos volontés ; et je veux jouir, s'il vous plaît, de quelque nombre de beaux jours que m'offre la jeunesse, prendre les douces libertés que l'âge me permet, voir un peu le beau monde, et goûter le plaisir de m'ouïr[10] dire des douceurs. Préparez-vous-y, pour votre punition, et rendez grâce au Ciel de ce que je ne suis pas capable de quelque chose de pis[11].

GEORGE DANDIN. – Oui ! c'est ainsi que vous le prenez. Je suis votre mari, et je vous dis que je n'entends pas cela[12].

ANGÉLIQUE. – Moi je suis votre femme, et je vous dis que je l'entends.

GEORGE DANDIN, *à part*. – Il me prend des tentations d'accommoder tout son visage à la compote[13] et le mettre en état de ne plaire de sa vie aux diseurs de fleurettes. Ah ! allons, George Dandin ; je ne pourrais me retenir, et il vaut mieux quitter la place[14].

9. Promesses de fidélité.
10. Entendre.
11. Pire.
12. Je ne suis pas de cet avis.
13. Mettre en compote.
14. S'en aller.

Questions

Repérer et analyser

La situation d'énonciation

Le témoin caché ou destinataire indiscret

Le théâtre joue souvent du motif du personnage caché ou du destinataire indiscret. Plusieurs cas de figure sont repérables dans *George Dandin* : le destinataire indiscret n'est vu d'aucun des personnages (Acte III, scène 5) ; le destinataire indiscret ne l'est que pour un des personnages, l'autre connaît sa présence (Acte II, scène 2) ; le destinataire indiscret est connu de tous les personnages (Acte II, scène 8).

1 Qui sont les personnages présents dans cette scène ? Comment sont-ils placés les uns par rapport aux autres ? Précisez leurs gestes et leurs déplacements.

2 **a.** Au début de la scène, quel personnage est présent sans être vu des autres ?

b. À partir de quelle ligne est-il vu par Angélique ? À partir de quelle ligne est-il vu par Dandin ?

c. En quoi le spectateur a-t-il une situation privilégiée ?

3 À qui Angélique destine-t-elle sa révérence ? Comment Dandin interprète-t-il cette révérence qu'il croit lui être destinée ?

Les relations entre les personnages

4 Quelle image Angélique donne-t-elle de son mariage ? S'agit-il ou non d'un mariage d'amour ? Justifiez votre réponse.

5 Montrez en citant le texte que Dandin exerce une relation d'autorité sur Angélique et que cette autorité peut aller jusqu'à la violence.

La progression et l'enjeu du dialogue

6 **a.** Qui a l'initiative de la parole dans la première partie de la scène ? Qui prend l'avantage dans la seconde partie ? Appuyez-vous sur la longueur des répliques.

b. Que cherche à obtenir Dandin de la part d'Angélique ?

7 Quelle conception George Dandin a-t-il du mariage et des femmes en général ? Appuyez-vous sur des expressions précises.

8 Quelles sont les revendications d'Angélique ? En quoi la présence de Clitandre peut-elle modifier son attitude ? Justifiez votre réponse.

9 George Dandin a-t-il le dessus à la fin de la scène ? Justifiez votre réponse.

Le comique

10 Précisez l'effet comique produit par la répétition des révérences et des saluts d'Angélique et de Clitandre. Quels sont les types de comiques mis en œuvre ? De qui le spectateur rit-il ?

La visée

11 Quelles critiques Molière fait-il sur le mariage à l'époque ?

Écrire

Écrire un dialogue argumentatif

12 Choisissez un sujet de désaccord entre deux personnages (un adulte et un enfant, deux amis…) : projet de sortie, de voyage, achat d'un objet, d'un vêtement à la mode…

Rédigez l'argumentation entre les deux personnages sous forme de dialogue théâtral.

Acte II

Scène 3

CLAUDINE, ANGÉLIQUE.

CLAUDINE. – J'avais, Madame, impatience qu'il s'en allât, pour vous rendre ce mot de la part que vous savez.

ANGÉLIQUE. – Voyons.

CLAUDINE, *à part*. – À ce que je puis remarquer, ce qu'on lui dit ne lui déplaît pas trop.

ANGÉLIQUE. – Ah ! Claudine, que ce billet s'explique d'une façon galante ! Que dans tous leurs discours et dans toutes leurs actions les gens de cour ont un air agréable ! Et qu'est-ce que c'est auprès d'eux que nos gens de province ? (*Elle lit bas.*)

CLAUDINE. – Je crois qu'après les avoir vus, les Dandin ne vous plaisent guère.

ANGÉLIQUE. – Demeure ici : je m'en vais faire la réponse.

CLAUDINE, *seule*. – Je n'ai pas besoin, que je pense, de lui recommander de la faire agréable. Mais voici...

Acte II

Scène 4

CLITANDRE, LUBIN, CLAUDINE.

CLAUDINE. – Vraiment. Monsieur, vous avez pris là un habile messager.

CLITANDRE. – Je n'ai pas osé envoyer de mes gens. Mais, ma pauvre Claudine, il faut que je te récompense des bons offices que je sais que tu m'as rendus. (*Il fouille dans sa poche.*)

CLAUDINE. – Eh ! Monsieur, il n'est pas nécessaire. Non, Monsieur, vous n'avez que faire de vous donner cette peine-là ; et je vous rends service parce que vous le méritez, et que je me sens au cœur de l'inclination pour vous.

CLITANDRE, *donnant de l'argent à Claudine.* – Je te suis obligé.

LUBIN, *à Claudine.* – Puisque nous serons mariés, donne-moi cela, que je le mette avec le mien.

CLAUDINE. – Je te le garde aussi bien que le baiser.

CLITANDRE, *à Claudine.* – Dis-moi, as-tu rendu mon billet à ta belle maîtresse ?

CLAUDINE. – Oui, elle est allée y répondre.

CLITANDRE. – Mais, Claudine, n'y a-t-il pas moyen que je la puisse entretenir ?

CLAUDINE. – Oui : venez avec moi, je vous ferai parler à elle[1].

1. Lui parler.

CLITANDRE. – Mais le trouvera-t-elle bon ? et n'y a-t-il rien à risquer ?

CLAUDINE. – Non, non : son mari n'est pas au logis ; et puis, ce n'est pas lui qu'elle a le plus à ménager ; c'est son père et sa mère ; et pourvu qu'ils soient prévenus[2], tout le reste n'est point à craindre.

CLITANDRE. – Je m'abandonne à ta conduite[3].

LUBIN, *seul.* – Testiguenne ! que j'aurai là une habile femme ! Elle a de l'esprit comme quatre.

Maquette de costume de M.-H. Dasté pour *George Dandin* : Claudine.

2. Influencés favorablement.

3. Façon de mener l'affaire.

Questions

Repérer et analyser

L'enchaînement des scènes

1 À quelle scène de l'Acte II la scène 3 fait-elle suite ?

L'action

Le billet galant

Au théâtre, certains objets sont plus que de simples accessoires, ils ont une fonction dramatique. C'est le cas du billet galant dont l'emploi permet toutes sortes de jeux, de quiproquos, de découvertes, de retournements de situation.

2 **a.** Qui adresse un billet à qui ? Quels sont les personnages qui servent d'intermédiaires ?
b. Quel est le contenu probable de ce billet ? Citez le texte.

Le personnage de la servante

3 Quelle relation Claudine entretient-elle avec sa maîtresse ? Quelles sont ses motivations ?
4 En quoi joue-t-elle un rôle important dans l'action ?
5 Pourquoi Claudine refuse-t-elle l'argent de Clitandre ?
6 Claudine fait-elle preuve de clairvoyance (l. 39 à 42) ?

Le comique

7 Clitandre remet une récompense à Claudine (l. 26). Quel jeu de scène provoque-t-il ? En quoi est-il amusant ? De quel type de comique s'agit-il ?

Les attentes du spectateur

8 **a.** Qu'a obtenu Clitandre jusqu'ici ? Que souhaite-t-il ? Quelles sont ses craintes ?
b. À quelle suite le spectateur peut-il s'attendre ?

Écrire

Écrire une lettre

9 Imaginez le contenu du billet écrit par Clitandre.

Scène 5

George Dandin, Lubin.

George Dandin, *bas, à part.* – Voici mon homme de tantôt. Plût au Ciel qu'il pût se résoudre à vouloir rendre témoignage[1] au père et à la mère de ce qu'ils ne veulent point croire !

Lubin. – Ah ! vous voilà, Monsieur le babillard[2], à qui j'avais tant recommandé de ne point parler, et qui me l'aviez tant promis. Vous êtes donc un causeur, et vous allez redire ce que l'on vous dit en secret ?

George Dandin. – Moi ?

Lubin. – Oui. Vous avez été tout rapporter au mari, et vous êtes cause qu'il a fait du vacarme. Je suis bien aise de savoir que vous avez de la langue, et cela m'apprendra à ne vous plus rien dire.

George Dandin. – Écoute, mon ami.

Lubin. – Si vous n'aviez point babillé, je vous aurais conté ce qui se passe à cette heure ; mais pour votre punition vous ne saurez rien du tout.

George Dandin. – Comment ? qu'est-ce qui se passe ?

Lubin. – Rien, rien. Voilà ce que c'est d'avoir causé : vous n'en tâterez plus[3], et je vous laisse sur la bonne bouche[4].

George Dandin. – Arrête un peu.

1. Témoigner.
2. Bavard.
3. Vous ne tirerez plus rien de moi.
4. Sur votre faim.

LUBIN. – Point.

GEORGE DANDIN. – Je ne te veux dire qu'un mot.

LUBIN. – Nennin, nennin. Vous avez envie de me tirer les vers du nez.

GEORGE DANDIN. – Non, ce n'est pas cela.

LUBIN. – Eh ! quelque sot[5]… Je vous vois venir.

GEORGE DANDIN. – C'est autre chose. Écoute.

LUBIN. – Point d'affaire. Vous voudriez que je vous dise que Monsieur le Vicomte vient de donner de l'argent à Claudine, et qu'elle l'a mené chez sa maîtresse. Mais je ne suis pas si bête.

GEORGE DANDIN. – De grâce.

LUBIN. – Non.

GEORGE DANDIN. – Je te donnerai…

LUBIN. – Tarare[6] !

5. Un imbécile (s'y laisserait prendre).

6. Interjection pour marquer un refus.

Acte II

Scène 6

GEORGE DANDIN.

GEORGE DANDIN, *seul.* – Je n'ai pu me servir avec cet innocent de la pensée que j'avais[7] mais le nouvel avis qui lui est échappé ferait la même chose[8], et si le galant est chez moi, ce serait pour avoir[9] raison aux yeux du père et de la mère, et les convaincre pleinement de l'effronterie de leur fille. Le mal de tout ceci, c'est que je ne sais comment faire pour profiter d'un tel avis. Si je rentre chez moi, je ferai évader le drôle, et quelque chose que je puisse voir moi-même de mon déshonneur, je n'en serai point cru à mon serment, et l'on me dira que je rêve. Si, d'autre part, je vais quérir beau-père et belle-mère sans être sûr de trouver chez moi le galant, ce sera la même chose, et je retomberai dans l'inconvénient de tantôt. Pourrais-je point m'éclaircir[10] doucement s'il y est encore ? (*Après avoir été regarder par le trou de la serrure.*) Ah Ciel ! il n'en faut plus douter, et je viens de l'apercevoir par le trou de la porte. Le sort me donne ici de quoi confondre ma partie[11] et pour achever l'aventure, il fait venir à point nommé les juges dont j'avais besoin.

7. Du moyen que j'avais imaginé.
8. Aurait le même résultat.
9. Ce serait une preuve susceptible de me donner (raison).
10. Vérifier.
11. Mes adversaires.

Questions

Repérer et analyser

L'enchaînement des scènes

1 Pourquoi Dandin rencontre-t-il Lubin ? D'où vient-il ?

L'action

2 Quel service George Dandin s'apprête-t-il à demander à Lubin ? Pourquoi Lubin refuse-t-il de lui parler ?

3 Quel renseignement important pour l'action Lubin donne-t-il à George Dandin ? Pourquoi le lui donne-t-il ?

4 Quel est le projet de Dandin (scène 6) ? S'agit-il du même projet que dans l'acte précédent ?

5 Pourquoi peut-on dire que les Sotenville arrivent à point nommé ?

Le personnage de Dandin

6 Dandin est-il affecté du fait qu'un galant se trouve chez lui auprès de sa femme ? Pour quelle raison ne surprend-il pas lui-même Angélique pour la confondre ? Que recherche-t-il en fait ?

Le comique

7 Sur quel procédé comique déjà utilisé à l'Acte I (recherchez dans quelle scène), la scène 5 est-elle fondée ? Comment Molière a-t-il su cependant en varier les effets ?

8 En quoi le personnage de Lubin est-il un élément important du comique ? Qu'y a-t-il d'amusant dans le fait qu'il traite George Dandin de « babillard » (l. 5) ?

9 En quoi le jeu (l. 50) relève-t-il du comique de farce (voir p. 17) ?

Comparer

La jalousie chez Molière

10 Le thème de la jalousie a été maintes fois traité par Molière. Comparez la façon dont il le traite ici avec la façon dont il le traite dans *L'Avare* (Acte IV, scènes 2 et 3) et *L'École des femmes* (Acte I, scène 4 ; Acte II, scènes 1 et 4 ; Acte III, scène 5 et Acte IV, scène 7).

Acte II

Scène 7

Monsieur et Madame de Sotenville, George Dandin.

George Dandin. – Enfin vous ne m'avez pas voulu croire tantôt, et votre fille l'a emporté sur moi ; mais j'ai en main de quoi vous faire voir comme elle m'accommode et, Dieu merci ! mon déshonneur est si clair maintenant que vous n'en pourrez plus douter.

Monsieur de Sotenville. – Comment, mon gendre, vous en êtes encore là-dessus ?

George Dandin. – Oui, j'y suis, et jamais je n'eus tant de sujet d'y être.

Madame de Sotenville. – Vous nous venez encore étourdir la tête ?

George Dandin. – Oui, Madame, et l'on fait bien pis à la mienne.

Monsieur de Sotenville. – Ne vous lassez-vous point de vous rendre importun[1] ?

George Dandin. – Non ; mais je me lasse fort d'être pris pour dupe.

Madame de Sotenville. – Ne voulez-vous point vous défaire de vos pensées extravagantes ?

George Dandin. – Non, Madame ; mais je voudrais bien me défaire d'une femme qui me déshonore.

1. Qui dérange.

Madame de Sotenville. – Jour de Dieu ! notre gendre, apprenez à parler.

Monsieur de Sotenville. – Corbleu ! cherchez des termes moins offensants que ceux-là.

George Dandin. – Marchand qui perd ne peut rire.

Madame de Sotenville. – Souvenez-vous que vous avez épousé une demoiselle.

George Dandin. – Je m'en souviens assez, et ne m'en souviendrai que trop.

Monsieur de Sotenville. – Si vous vous en souvenez, songez donc à parler d'elle avec plus de respect.

George Dandin. – Mais que ne songe-t-elle plutôt à me traiter plus honnêtement ? Quoi ? parce qu'elle est demoiselle, il faut qu'elle ait la liberté de me faire ce qui lui plaît, sans que j'ose souffler[2] ?

Monsieur de Sotenville. – Qu'avez-vous donc, et que pouvez-vous dire ? N'avez-vous pas vu ce matin qu'elle s'est défendue de connaître celui dont vous m'étiez venu parler ?

George Dandin. – Oui. Mais vous, que pourrez-vous dire si je vous fais voir maintenant que le galant est avec elle ?

Madame de Sotenville. – Avec elle ?

George Dandin. – Oui, avec elle, et dans ma maison ?

Monsieur de Sotenville. – Dans votre maison ?

George Dandin. – Oui, dans ma propre maison.

Madame de Sotenville. – Si cela est, nous serons pour vous contre elle.

2. Protester.

MONSIEUR DE SOTENVILLE. – Oui : l'honneur de notre famille nous est plus cher que toute chose ; et si vous dites vrai, nous la renoncerons pour notre sang[3] et l'abandonnerons à votre colère.

GEORGE DANDIN. – Vous n'avez qu'à me suivre.

MADAME DE SOTENVILLE. – Gardez de[4] vous tromper.

MONSIEUR DE SOTENVILLE. – N'allez pas faire comme tantôt.

GEORGE DANDIN. – Mon Dieu ! vous allez voir. Tenez, ai-je menti ?

George Dandin. **Maquette de décor de Nina Brodsky pour la mise en scène de Motylew, vers 1930.**

3. Nous ne la reconnaîtrons plus comme notre fille.
4. Prenez garde de ne pas.

Repérer et analyser

La progression du dialogue

1 **a.** Quel est l'état d'esprit de George Dandin au tout début de la scène ?
b. Qu'est-ce qui lui permet de prendre l'initiative de la parole ?

2 Dans quel but George Dandin souhaite-t-il prouver aux Sotenville la vérité de ses accusations ? Citez la phrase où il l'exprime.

3 Pour quelle raison les Sotenville refusent-ils de croire George Dandin ? Donnez leurs arguments. À quel moment acceptent-ils cependant de le suivre ?

4 Comparez le temps de parole de Dandin et celui de ses beaux-parents. Appuyez-vous sur le décompte des lignes consacrées à chacun des personnages. George Dandin a-t-il eu cette fois la possibilité de parler et d'être écouté ?

Le comique

Le comique de mots

5 Quel contraste existe-t-il entre le langage de George Dandin et celui des Sotenville ? Relevez dans le langage de chacun des personnages quelques expressions amusantes.

Le comique de répétition

6 Relevez dans les lignes 1 à 41 les répliques en écho. Montrez que les termes repris prennent un sens différent d'une réplique à l'autre.

7 Quels mots répétés trois fois arrêtent le dialogue, le suspendent et lui donnent un tour nouveau ?

Les attentes du spectateur

8 À quelle suite immédiate le spectateur s'attend-il ?

Acte II

Scène 8

ANGÉLIQUE, CLITANDRE, CLAUDINE,
MONSIEUR ET MADAME DE SOTENVILLE, GEORGE DANDIN.

ANGÉLIQUE, *à Clitandre.* – Adieu. J'ai peur qu'on vous surprenne ici, et j'ai quelques mesures à garder[1].

CLITANDRE. – Promettez-moi donc, Madame, que je pourrai vous parler cette nuit.

ANGÉLIQUE. – J'y ferai mes efforts.

GEORGE DANDIN, *à Monsieur et Madame de Sotenville.* – Approchons doucement par derrière, et tâchons de n'être point vus.

CLAUDINE. – Ah ! Madame, tout est perdu : voilà votre père et votre mère, accompagnés de votre mari.

CLITANDRE, *à part.* – Ah Ciel !

ANGÉLIQUE, *bas à Clitandre et à Claudine.* – Ne faites pas[2] semblant de rien, et me laissez faire[3] tous deux. (*Haut à Clitandre.*) Quoi ? vous osez en user de la sorte, après l'affaire de tantôt, et c'est ainsi que vous dissimulez vos sentiments ? On me vient rapporter que vous avez de l'amour pour moi, et que vous faites des desseins[4] de me solliciter ; j'en témoigne mon dépit[5] et m'explique à vous clairement en présence de tout le monde ; vous niez hautement la chose, et me donnez parole de n'avoir aucune pensée de m'offenser ; et cependant, le même jour, vous prenez la hardiesse de venir chez moi

1. Précautions à prendre.
2. Ne faites.
3. Laissez-moi faire.
4. Projets.
5. Colère.

me rendre visite, de me dire que vous m'aimez, et de me faire cent sots contes pour me persuader de répondre à vos extravagances : comme si j'étais femme à vider la foi que j'ai donnée à un mari, et m'éloigner jamais de la vertu que mes parents m'ont enseignée. Si mon père savait cela, il vous apprendrait bien à tenter de ces entreprises. Mais une honnête femme n'aime point les éclats. (*Après avoir fait signe à Claudine d'apporter un bâton.*) Je n'ai garde de lui en rien dire, et je veux vous montrer que, toute femme que je suis, j'ai assez de courage pour me venger moi-même des offenses que l'on me fait. L'action que vous avez faite n'est pas d'un gentilhomme, et ce n'est pas en gentilhomme aussi que je veux vous traiter. (*Elle prend un bâton et bat son mari, au lieu de Clitandre, qui se met entre deux.*)

CLITANDRE, *criant comme s'il avait été frappé.* – Ah ! ah ! ah ! ah ! ah ! doucement. (*Puis il s'enfuit.*)

Y. Robert, B. Dautun, G. Jacquet et C. Duhamel dans *George Dandin*, par la compagnie Claire Duhamel à l'Alliance française en 1962.

CLAUDINE. – Fort, Madame, frappez comme il faut.

ANGÉLIQUE, *faisant semblant de parler à Clitandre.* – S'il vous demeure quelque chose sur le cœur, je suis pour vous répondre.

CLAUDINE. – Apprenez à qui vous vous jouez[6].

ANGÉLIQUE, *faisant l'étonnée.* – Ah mon père, vous êtes là !

MONSIEUR DE SOTENVILLE. – Oui, ma fille, et je vois qu'en sagesse et en courage[7] tu te montres un digne rejeton de la maison de Sotenville. Viens çà[8], approche-toi que je t'embrasse.

MADAME DE SOTENVILLE. – Embrasse-moi aussi, ma fille. Las ! je pleure de joie, et reconnais mon sang aux choses que tu viens de faire.

MONSIEUR DE SOTENVILLE. – Mon gendre, que vous devez être ravi, et que cette aventure est pour vous pleine de douceurs ! Vous aviez un juste sujet de vous alarmer ; mais vos soupçons se trouvent dissipés le plus avantageusement du monde.

MADAME DE SOTENVILLE. – Sans doute, notre gendre, et vous devez maintenant être le plus content des hommes.

CLAUDINE. – Assurément. Voilà une femme, celle-là. Vous êtes trop heureux de l'avoir, et vous devriez baiser les pas où elle passe.

GEORGE DANDIN, *à part.* – Euh ! traîtresse !

MONSIEUR DE SOTENVILLE. – Qu'est-ce, mon gendre ? Que ne remerciez-vous un peu votre femme de l'amitié que vous voyez qu'elle montre pour vous ?

6. Vous vous frottez. | **7.** Qualités de cœur. | **8.** Ici.

ANGÉLIQUE. – Non, non, mon père, il n'est pas nécessaire. Il ne m'a aucune obligation de ce qu'il vient de voir, et tout ce que j'en fais n'est que pour l'amour de moi-même.

MONSIEUR DE SOTENVILLE. – Où allez-vous, ma fille ?

ANGÉLIQUE. – Je me retire, mon père, pour ne me voir point obligée à recevoir ses compliments.

CLAUDINE, *à George Dandin.* – Elle a raison d'être en colère. C'est une femme qui mérite d'être adorée, et vous ne la traitez pas comme vous devriez.

GEORGE DANDIN, *à part.* – Scélérate !

MONSIEUR DE SOTENVILLE. – C'est un petit ressentiment de l'affaire de tantôt, et cela se passera avec un peu de caresse que vous lui ferez. Adieu, mon gendre, vous voilà en état de ne plus vous inquiéter. Allez-vous-en faire la paix ensemble, et tâchez de l'apaiser par des excuses de votre emportement.

MADAME DE SOTENVILLE. – Vous devez considérer que c'est une jeune fille élevée à la vertu[9], et qui n'est point accoutumée à se voir soupçonnée d'aucune vilaine action. Adieu. Je suis ravie de voir vos désordres finis et des transports[10] de joie que vous doit donner sa conduite.

GEORGE DANDIN, *seul.* – Je ne dis mot, car je ne gagnerais rien à parler, et jamais il ne s'est rien vu d'égal à ma disgrâce. Oui, j'admire mon malheur, et la subtile adresse de ma carogne de femme pour se donner toujours raison, et me faire avoir tort. Est-il possible que toujours j'aurai du dessous avec elle, que les apparences toujours tourneront contre moi, et que je ne parviendrai point à convaincre mon effrontée ? Ô Ciel, seconde mes desseins, et m'accorde la grâce de faire voir aux gens que l'on me déshonore.

9. Vertueusement.

10. Accès.

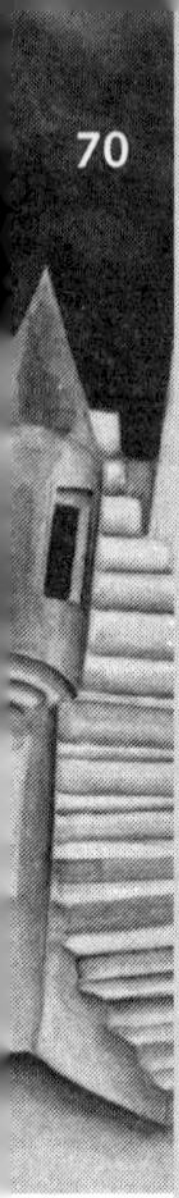

Questions

Repérer et analyser

L'enchaînement des scènes et l'action

1 Au début de la scène, dans quels différents lieux se trouvent Angélique et Clitandre d'une part, Dandin et les Sotenville d'autre part ?

2 Quelle est la stratégie de George Dandin pour prouver aux Sotenville l'inconduite de leur fille ?

3 **a.** Dans quelle situation périlleuse Angélique et Clitandre se trouvent-ils ?
b. Quel personnage intervient ici pour les sauver ?
c. Quel stratagème Angélique utilise-t-elle ?

4 Quel personnage a le dessus à la fin de la scène ?

5 Observez la manière dont les personnages quittent la scène. Quel personnage reste seul en scène à la fin de l'acte ? Qui restait seul en scène à la fin de l'acte précédent ?

Le théâtre dans le théâtre

6 Dans quelle scène le spectateur a-t-il déjà assisté à du théâtre dans le théâtre ? En quoi la scène se répète-t-elle ici ? Pour répondre :
– dites qui sont les personnages spectateurs ;
– dites quel rôle joue Angélique. À qui feint-elle de s'adresser lignes 12 à 35 ? À quels personnages ses paroles sont-elles en fait destinées ? Qui est le troisième destinataire ?

Le personnage d'Angélique

7 De quelles qualités Angélique fait-elle preuve dans cette scène ?

8 **a.** Pour se poser en femme « vertueuse », Angélique emploie des arguments qui ne lui appartiennent pas (l. 24 à 26). À qui les emprunte-t-elle ?
b. En quoi Angélique se conforme-t-elle au rôle que l'on attend d'elle ? Son comportement est-il à cet égard le même vis-à-vis de son mari que vis-à-vis de ses parents ? Justifiez votre réponse.

9 **a.** Molière a donné au personnage le nom d'Angélique, mais jusqu'à présent, quelqu'un l'a-t-il appelée ainsi ? Justifiez votre réponse.
b. Angélique est-elle considérée par ses parents, son mari, Clitandre lui-

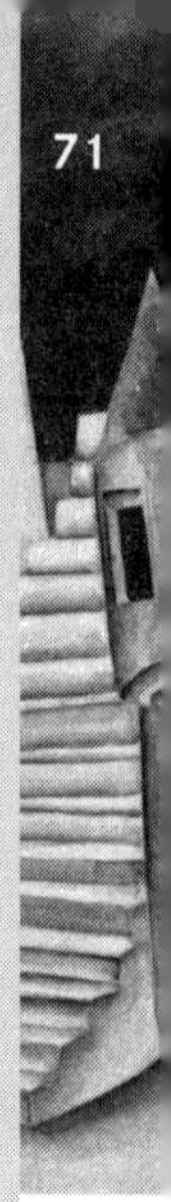

même, comme un être autonome possédant des sentiments et des désirs propres ? Justifiez votre réponse.

Le comique

Le comique de farce

10 Quel passage relève ici du comique de farce ?

Le comique de caractère et de situation

11 Montrez que les Sotenville sont comiques par leur caractère, par leur attitude. Dites en quoi leur comportement à l'égard de leur fille et les paroles qu'ils adressent à Dandin (l. 50 à 56) suscitent le rire.

Le comique de mots et de situation

12 **a.** Relevez les deux apartés de Dandin. Contre qui en a-t-il ?
b. En quoi ces apartés relèvent-ils à la fois du comique de mots et du comique de situation ?

Les attentes du spectateur

13 Quel espoir Dandin forme-t-il à la fin de la scène et de l'acte ? Le spectateur peut-il partager cet espoir ?

Écrire

Rédiger un dialogue théâtral

14 À l'issue de cette scène, les Sotenville retournent chez eux. Écrivez quelques répliques qu'ils pourront échanger sur leur fille et sur Dandin.

Comparer

Les servantes chez Molière

15 Chez Molière, les servantes ont, dans le déroulement de l'intrigue et par leur personnalité propre, une grande importance. Comparez Claudine avec Lisette dans *L'Amour médecin*, Nicole dans *Le Bourgeois gentilhomme*, et Toinette dans *Le Malade imaginaire*.

Acte III

Scène première

CLITANDRE, LUBIN.

CLITANDRE. – La nuit est avancée, et j'ai peur qu'il ne soit trop tard. Je ne vois point à[1] me conduire. Lubin !

LUBIN. – Monsieur ?

CLITANDRE. – Est-ce par ici ?

LUBIN. – Je pense que oui. Morgué ! voilà une sotte nuit, d'être si noire que cela.

CLITANDRE. – Elle a tort assurément ; mais si d'un côté elle nous empêche de voir, elle empêche de l'autre que nous ne soyons vus.

LUBIN. – Vous avez raison, elle n'a pas tant de tort. Je voudrais bien savoir, Monsieur, vous qui êtes savant, pourquoi il ne fait point jour la nuit.

CLITANDRE. – C'est une grande question, et qui est difficile. Tu es curieux, Lubin.

LUBIN. – Oui. Si j'avais étudié, j'aurais été songer à des choses où[2] on n'a jamais songé.

CLITANDRE. – Je le crois. Tu as la mine d'avoir l'esprit subtil et pénétrant.

LUBIN. – Cela est vrai. Tenez, j'explique du latin, quoique jamais je ne l'aie appris, et voyant l'autre jour écrit sur une grande porte *collegium*, je devinai que cela voulait dire collège.

1. Pas assez pour.

2. Auxquelles.

CLITANDRE. – Cela est admirable ! Tu sais donc lire, Lubin ?

LUBIN. – Oui, je sais lire la lettre moulée[3], mais je n'ai jamais su apprendre à lire l'écriture.

CLITANDRE. – Nous voici contre la maison. (*Après avoir frappé dans ses mains.*) C'est le signal que m'a donné Claudine.

LUBIN. – Par ma foi ! c'est une fille qui vaut de l'argent, et je l'aime de tout mon cœur.

CLITANDRE. – Aussi t'ai-je amené avec moi pour l'entretenir.

LUBIN. – Monsieur, je vous suis…

CLITANDRE. – Chut ! J'entends quelque bruit.

Acte III

Scène 2

ANGÉLIQUE, CLAUDINE, CLITANDRE, LUBIN.

ANGÉLIQUE. – Claudine.

CLAUDINE. – Hé bien !

ANGÉLIQUE. – Laisse la porte entrouverte.

CLAUDINE. – Voilà qui est fait.

(Scène de nuit. Les acteurs se cherchent les uns les autres, dans l'obscurité.)

3. Imprimée.

George Dandin. Maquette de décor de Nina Brodsky pour la mise en scène de Motylew, vers 1930.

CLITANDRE, *à Lubin*. – Ce sont elles. St[4].

ANGÉLIQUE. – St.

LUBIN. – St.

CLAUDINE. – St.

CLITANDRE, *à Claudine, qu'il prend pour Angélique*. – Madame.

ANGÉLIQUE, *à Lubin, qu'elle prend pour Claudine*. – Quoi ?

4. Sifflement pour attirer l'attention.

LUBIN, *à Angélique, qu'il prend pour Claudine.* – Claudine.

CLAUDINE, *à Clitandre, qu'elle prend pour Lubin.* – Qu'est-ce ?

CLITANDRE, *à Claudine, croyant parler à Angélique.* – Ah ! Madame, que j'ai de joie !

LUBIN, *à Angélique, croyant parler à Claudine.* – Claudine, ma pauvre Claudine.

CLAUDINE, *à Clitandre.* – Doucement, Monsieur.

ANGÉLIQUE, *à Lubin.* – Tout beau, Lubin.

CLITANDRE. – Est-ce toi, Claudine ?

CLAUDINE. – Oui.

LUBIN. – Est-ce vous, Madame ?

ANGÉLIQUE. – Oui.

CLAUDINE, *à Clitandre.* – Vous avez pris l'une pour l'autre.

LUBIN. – Ma foi, la nuit, on n'y voit goutte.

ANGÉLIQUE. – Est-ce pas vous, Clitandre ?

CLITANDRE. – Oui, Madame.

ANGÉLIQUE. – Mon mari ronfle comme il faut, et j'ai pris ce temps[5] pour nous entretenir ici.

CLITANDRE. – Cherchons quelque lieu pour nous asseoir.

CLAUDINE. – C'est fort bien avisé.

(Ils vont s'asseoir au fond du théâtre sur un gazon, au pied d'un arbre.)

LUBIN. – Claudine, où est-ce que tu es ?

5. Choisi ce moment.

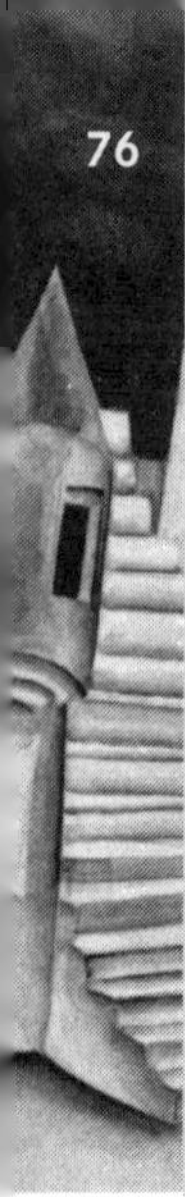

Questions

Repérer et analyser

L'enchaînement des scènes et l'action

1 Où Clitandre se rend-il au début de la scène 1 ? Retrouvez dans la scène 8 de l'Acte II la réplique qui assure l'enchaînement des scènes.

2 À quel moment de la journée cet acte se déroule-t-il ? Combien de temps a-t-il pu s'écouler entre les deux actes ?

3 **a.** Quels personnages se retrouvent dans la scène 2 ? Dans quel lieu précis ? Appuyez-vous sur une réplique d'Angélique au début de la scène 2.

b. Que fait Dandin pendant ce temps ?

c. À la fin de la scène 2, où Lubin se trouve-t-il par rapport aux autres personnages ?

Une convention théâtrale : la nuit

Lorsqu'une scène se déroule de nuit, les personnages ne se voient pas, mais le spectateur les distingue et admet qu'ils se cherchent, qu'ils ne se reconnaissent pas. C'est une convention acceptée qui permet erreurs, confusions, quiproquos...

4 **a.** Relevez les indications qui précisent le degré d'obscurité.

b. Quels sont les effets provoqués par l'obscurité ? En quoi les didascalies sont-elles importantes ?

Le comique

5 En quoi le personnage de Lubin est-il comique ? Pour répondre, montrez que sa personnalité revêt des aspects contradictoires. Appuyez-vous sur les réflexions qu'il fait dans la scène 1.

6 Sur quel type de comique la scène 2 repose-t-elle ?

Jouer la scène

7 Jouez la scène 2 en mettant en valeur les jeux de scène.

Acte III

Scène 3

GEORGE DANDIN, *à moitié déshabillé*, LUBIN.

GEORGE DANDIN. – J'ai entendu descendre ma femme, et je me suis vite habillé pour descendre après elle. Où peut-elle être allée ? Serait-elle sortie ?

LUBIN. (*Il prend George Dandin pour Claudine.*) – Où es-tu donc, Claudine ? Ah ! te voilà. Par ma foi, ton maître est plaisamment attrapé, et je trouve ceci aussi drôle que les coups de bâton de tantôt dont on m'a fait récit. Ta maîtresse dit qu'il ronfle, à cette heure, comme tous les diantres[1], et il ne sait pas que Monsieur le Vicomte et elle sont ensemble pendant qu'il dort. Je voudrais bien savoir quel songe[2] il fait maintenant. Cela est tout à fait risible ! De quoi s'avise-t-il aussi d'être jaloux de sa femme, et de vouloir qu'elle soit à lui tout seul ? C'est un impertinent, et Monsieur le Vicomte lui fait trop d'honneur. Tu ne dis mot, Claudine. Allons, suivons-les, et me donne ta petite menotte que je la baise. Ah ! que cela est doux ! Il me semble que je mange des confitures. (*Comme il baise la main de Dandin, Dandin la lui pousse rudement au visage.*) Tubleu[3] ! comme vous y allez ! Voilà une petite menotte qui est un peu bien rude.

GEORGE DANDIN. – Qui va là ?

LUBIN. – Personne.

GEORGE DANDIN. – Il fuit, et me laisse informé de la nouvelle perfidie de ma coquine. Allons, il faut que sans tarder

1. Diables. 2. Rêve. 3. Tudieu (juron).

j'envoie appeler son père et sa mère, et que cette aventure me serve à me faire séparer d'elle. Holà ! Colin, Colin.

Acte III

Scène 4

COLIN, GEORGE DANDIN.

COLIN, *à la fenêtre.* – Monsieur.

GEORGE DANDIN. – Allons vite, ici-bas.

COLIN, *en sautant par la fenêtre.* – M'y voilà ! on ne peut pas plus vite.

GEORGE DANDIN. – Tu es là ?

COLIN. – Oui, Monsieur. (*Pendant qu'il va lui parler d'un côté, Colin va de l'autre.*)

GEORGE DANDIN, *se trouvant du côté où il croit qu'est Colin.* – Doucement. Parle bas. Écoute. Va-t'en chez mon beau-père et ma belle-mère, et dis que je les prie très instamment de venir tout à l'heure[4] ici. Entends-tu ? Eh ? Colin, Colin.

COLIN, *de l'autre côté.* – Monsieur.

GEORGE DANDIN. – Où diable es-tu ?

COLIN. – Ici.

4. Tout de suite.

George Dandin. (*Comme ils se vont tous deux chercher, l'un passe d'un côté, et l'autre de l'autre.*) – Peste soit du maroufle[5] qui s'éloigne de moi ! Je te dis que tu ailles de ce pas trouver mon beau-père et ma belle-mère, et leur dire que je les conjure de se rendre ici tout à l'heure. M'entends-tu bien ? Réponds, Colin, Colin.

Colin, *de l'autre côté.* – Monsieur.

George Dandin. – Voilà un pendard qui me fera enrager. Viens-t'en à moi. (*Ils se cognent et tombent tous deux.*) Ah ! le traître ! il m'a estropié. Où est-ce que tu es ? Approche, que je te donne mille coups. Je pense qu'il me fuit.

Colin. – Assurément.

George Dandin. – Veux-tu venir ?

Colin. – Nenni, ma foi !

George Dandin. – Viens, te dis-je.

Colin. – Point : vous me voulez battre.

George Dandin. – Hé bien ! non. Je ne te ferai rien.

Colin. – Assurément ?

George Dandin. – Oui. Approche. Bon. *(À Colin, qu'il tient par le bras.)* Tu es bien heureux[6] de ce que j'ai besoin de toi. Va-t'en vite de ma part prier mon beau-père et ma belle-mère de se rendre ici le plus tôt qu'ils pourront, et leur dis que c'est pour une affaire de la dernière conséquence[7], et s'ils faisaient quelque difficulté à cause de l'heure, ne manque

5. Maraud, c'est-à-dire homme grossier et méprisable.
6. Tu as bien de la chance.
7. Importance.

pas de les presser, et de leur faire entendre qu'il est très important qu'ils viennent, en quelque état[8] qu'ils soient. Tu m'entends bien maintenant ?

COLIN. – Oui, Monsieur.

GEORGE DANDIN. – Va vite, et reviens de même. (*Se croyant seul.*) Et moi, je vais rentrer dans ma maison, attendant que... Mais j'entends quelqu'un. Ne serait-ce point ma femme ? Il faut que j'écoute, et me serve de l'obscurité qu'il fait. (*George Dandin se range près de la porte de sa maison.*)

Acte III

Scène 5

CLITANDRE, ANGÉLIQUE,
GEORGE DANDIN, CLAUDINE, LUBIN.

ANGÉLIQUE, *à Clitandre.* – Adieu. Il est temps de se retirer.

CLITANDRE. – Quoi ? si tôt ?

ANGÉLIQUE. – Nous nous sommes assez entretenus.

CLITANDRE. – Ah ! Madame, puis-je assez vous entretenir, et trouver en si peu de temps toutes les paroles dont j'ai besoin ? Il me faudrait des journées entières pour me bien expliquer à vous de tout ce que je sens, et je ne vous ai pas dit encore la moindre partie de ce que j'ai à vous dire.

8. Tenue.

ANGÉLIQUE. – Nous en écouterons une autre fois davantage.

CLITANDRE. – Hélas ! de quel coup me percez-vous l'âme lorsque vous parlez de vous retirer, et avec combien de chagrins m'allez-vous laisser maintenant ?

ANGÉLIQUE. – Nous trouverons moyen de nous revoir.

CLITANDRE. – Oui ; mais je songe qu'en me quittant, vous allez trouver un mari. Cette pensée m'assassine, et les privilèges qu'ont les maris sont des choses cruelles pour un amant qui aime bien.

ANGÉLIQUE. – Serez-vous assez fort pour avoir cette inquiétude, et pensez-vous qu'on soit capable d'aimer de certains maris qu'il y a ? On les prend, parce qu'on ne s'en peut défendre, et que l'on dépend de parents qui n'ont des yeux que pour le bien[9] ; mais on sait leur rendre justice, et l'on se moque fort de les considérer au-delà de ce qu'ils méritent.

GEORGE DANDIN, *à part*. – Voilà nos carognes de femmes.

CLITANDRE. – Ah ! qu'il faut avouer que celui qu'on vous a donné était peu digne de l'honneur qu'il a reçu, et que c'est une étrange chose que l'assemblage qu'on a fait d'une personne comme vous avec un homme comme lui !

GEORGE DANDIN, *à part*. – Pauvres maris ! voilà comme on vous traite.

CLITANDRE. – Vous méritez sans doute une autre destinée, et le Ciel ne vous a point faite pour être la femme d'un paysan.

GEORGE DANDIN. – Plût au Ciel fût-elle[10] la tienne ! tu changerais bien de langage. Rentrons ; c'en est assez. (*Il entre et ferme la porte.*)

9. L'argent.
10. Qu'elle fût.

CLAUDINE. – Madame, si vous avez à dire du mal de votre mari, dépêchez vite, car il est tard.

CLITANDRE. – Ah ! Claudine, que tu es cruelle !

ANGÉLIQUE, *à Clitandre*. – Elle a raison. Séparons-nous.

CLITANDRE. – Il faut donc s'y résoudre, puisque vous le voulez. Mais au moins je vous conjure de me plaindre un peu des méchants moments que je vais passer.

ANGÉLIQUE. – Adieu.

LUBIN. – Où es-tu, Claudine, que je te donne le bonsoir ?

CLAUDINE. – Va, va, je le reçois de loin, et je t'en renvoie autant.

Maquette de costume de M.-H. Dasté pour *George Dandin* : George Dandin.

Questions

Repérer et analyser

L'enchaînement des scènes

1 Est-il vraisemblable que Dandin se retrouve face à Lubin ? Appuyez-vous sur la fin de la scène précédente.

L'action

2 **a.** Quel quiproquo se produit dans la scène 3 ? Quel élément permet ce quiproquo ?
b. Quelle information importante Lubin fournit-il à George Dandin ?
c. Dans quelles scènes Dandin a-t-il déjà été informé par Lubin ? En quoi la situation ici est-elle cependant différente ?

3 Relisez la scène 4.
a. Quel est le plan de George Dandin ? Qu'attend-il de Colin ?
b. Où se trouve Dandin à la fin de la scène ? Comment l'arrivée des personnages est-elle annoncée ?

4 Relisez la scène 5.
a. En quoi cette scène est-elle fondée sur le principe du témoin caché ? Angélique et Clitandre savent-ils que Dandin les écoute ?
b. Où George Dandin se rend-il à la fin de la scène ? Quel geste important fait-il ?

Le personnage de George Dandin

5 Pour quelle raison Dandin veut-il faire venir ses beaux-parents ? Est-il peiné d'être trompé par sa femme ?

6 Son attitude a-t-elle évolué par rapport à celle des deux actes précédents ? A-t-il tiré une leçon des bévues qu'il a commises ?

Le comique

Le comique de gestes, de mots, de situation

7 Relisez la didascalie au début de la scène 3.
a. Comment Dandin est-il habillé ?
b. Quelle image le personnage donne-t-il de lui ?

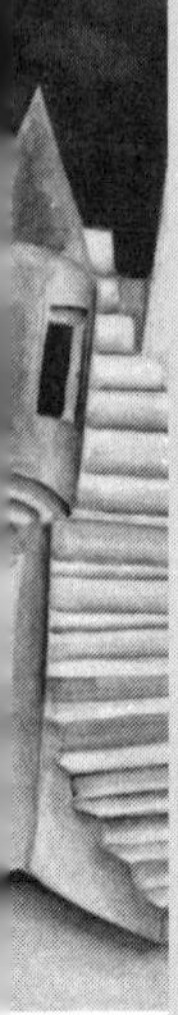

8 Quels sont les effets comiques provoqués par l'obscurité ? Appuyez-vous notamment sur les gestes et les déplacements de Colin et de Dandin dans la scène 4.

9 En quoi la situation et le comportement de Dandin dans la scène 5 sont-ils comiques ?

Le comique de mots

La *préciosité* est un courant qui s'est développé dans les salons mondains. Elle procède d'un désir de s'élever au-dessus du vulgaire et se traduit par la recherche d'un langage choisi, notamment pour l'expression du sentiment amoureux.

10 Montrez, en citant quelques exemples, que Clitandre n'est pas épargné par le comique. Appuyez-vous pour répondre sur les expressions précieuses.

11 Relevez les expressions qui traduisent la colère de Dandin dans la scène 4. En quoi sont-elles comiques ?

Les attentes du spectateur

12 À quelle suite le spectateur s'attend-il ? Pense-t-il que Dandin va cette fois réussir dans son entreprise ?

Acte III

Scène 6

ANGÉLIQUE, CLAUDINE, GEORGE DANDIN.

ANGÉLIQUE. – Rentrons sans faire de bruit.

CLAUDINE. – La porte s'est fermée.

ANGÉLIQUE. – J'ai le passe-partout.

CLAUDINE. – Ouvrez donc doucement.

ANGÉLIQUE. – On a fermé en dedans, et je ne sais comment nous ferons.

CLAUDINE. – Appelez le garçon qui couche là.

ANGÉLIQUE. – Colin, Colin, Colin.

GEORGE DANDIN, *mettant la tête à sa fenêtre.* – Colin, Colin ? Ah ! je vous y prends donc, Madame ma femme, et vous faites des escampativos[1] pendant que je dors. Je suis bien aise de cela, et de vous voir dehors à l'heure qu'il est.

ANGÉLIQUE. – Hé bien ! quel grand mal est-ce qu'il y a à prendre le frais de la nuit ?

GEORGE DANDIN. – Oui, oui, l'heure est bonne à prendre le frais. C'est bien plutôt le chaud, Madame la coquine ; et nous savons toute l'intrigue du rendez-vous, et du damoiseau. Nous avons entendu votre galant entretien, et les beaux vers à ma louange que vous avez dits l'un et l'autre. Mais ma consolation, c'est que je vais être vengé, et que votre père et votre mère seront convaincus maintenant de la justice

1. Fugues, escapades.

de mes plaintes, et du dérèglement de votre conduite. Je les ai envoyé quérir[2], et ils vont être ici dans un moment.

ANGÉLIQUE, *à part.* – Ah Ciel !

CLAUDINE. – Madame.

GEORGE DANDIN. – Voilà un coup sans doute où vous ne vous attendiez pas. C'est maintenant que je triomphe, et j'ai de quoi mettre à bas votre orgueil, et détruire vos artifices. Jusques ici vous avez joué[3] mes accusations, ébloui vos parents, et plâtré[4] vos malversations[5]. J'ai eu beau voir, et beau dire, et votre adresse[6] toujours l'a emporté sur mon bon droit, et toujours vous avez trouvé moyen d'avoir raison ; mais à cette fois, Dieu merci, les choses vont être éclaircies, et votre effronterie sera pleinement confondue[7].

ANGÉLIQUE. – Hé ! je vous prie, faites-moi ouvrir la porte.

GEORGE DANDIN. – Non, non ; il faut attendre la venue de ceux que j'ai mandés[8] et je veux qu'ils vous trouvent dehors à la belle heure qu'il est. En attendant qu'ils viennent, songez, si vous voulez, à chercher dans votre tête quelque nouveau détour pour vous tirer de cette affaire, à inventer quelque moyen de rhabiller votre escapade, à trouver quelque belle ruse pour éluder[9] ici les gens et paraître innocente, quelque prétexte spécieux[10] de pèlerinage nocturne, ou d'amie en travail d'enfant[11], que vous veniez de secourir.

ANGÉLIQUE. – Non : mon intention n'est pas de vous rien déguiser. Je ne prétends point me défendre, ni vous nier les choses, puisque vous les savez.

2. Chercher.
3. Déjoué.
4. Caché.
5. Actions malhonnêtes.
6. Ruse.
7. Démasquée.
8. Fait appeler.
9. Tromper.
10. Mensonger, faux.
11. En train d'accoucher.

R. Camoin, G. Fontanel et C. Samie dans *George Dandin* à la Comédie Française, 1960.

GEORGE DANDIN. – C'est que vous voyez bien que tous les moyens vous en sont fermés[12], et que dans cette affaire vous ne sauriez inventer d'excuse qu'il ne me soit facile de convaincre de fausseté.

ANGÉLIQUE. – Oui, je confesse que j'ai tort, et que vous avez sujet de vous plaindre. Mais je vous demande par grâce de ne m'exposer point maintenant à la mauvaise humeur de mes parents, et de me faire promptement ouvrir.

GEORGE DANDIN. – Je vous baise les mains.

ANGÉLIQUE. – Eh ! mon pauvre petit mari, je vous en conjure !

GEORGE DANDIN. – Ah ! mon pauvre petit mari ? Je suis votre petit mari maintenant, parce que vous vous sentez prise.

12. Vous n'avez aucune chance de vous en sortir.

Je suis bien aise de cela, et vous ne vous étiez jamais avisée de me dire de ces douceurs.

ANGÉLIQUE. – Tenez, je vous promets de ne vous plus donner aucun sujet de déplaisir, et de me…

GEORGE DANDIN. – Tout cela n'est rien. Je ne veux point perdre cette aventure, et il m'importe qu'on soit une fois éclairci à fond de vos déportements[13].

ANGÉLIQUE. – De grâce, laissez-moi vous dire. Je vous demande un moment d'audience.

GEORGE DANDIN. – Hé bien, quoi ?

ANGÉLIQUE. – Il est vrai que j'ai failli[14], je vous l'avoue encore une fois, et que votre ressentiment est juste ; que j'ai pris le temps de sortir pendant que vous dormiez, et que cette sortie est un rendez-vous que j'avais donné à la personne que vous dites. Mais enfin ce sont des actions que vous devez pardonner à mon âge ; des emportements de jeune personne qui n'a encore rien vu, et ne fait que d'entrer au monde ; des libertés où l'on s'abandonne sans y penser de mal, et qui sans doute dans le fond n'ont rien de…

GEORGE DANDIN. – Oui : vous le dites et ce sont de ces choses qui ont besoin qu'on les croie pieusement.

ANGÉLIQUE. – Je ne veux point m'excuser par là d'être coupable envers vous, et je vous prie seulement d'oublier une offense dont je vous demande pardon de tout mon cœur, et de m'épargner en cette rencontre le déplaisir que me pourraient causer les reproches fâcheux[15] de mon père et de ma mère. Si vous m'accordez généreusement la grâce que je vous demande, ce procédé obligeant, cette bonté que vous me

13. Votre mauvaise conduite. | **14.** J'ai manqué à mes devoirs. | **15.** Pénibles.

ferez voir, me gagnera[16] entièrement. Elle touchera tout à fait mon cœur, et y fera naître pour vous ce que tout le pouvoir de mes parents et les liens du mariage n'avaient pu y jeter. En un mot, elle sera cause que je renoncerai à toutes les galanteries, et n'aurai de l'attachement que pour vous. Oui, je vous donne ma parole que vous m'allez voir désormais la meilleure femme du monde, et que je vous témoignerai tant d'amitié, tant d'amitié, que vous en serez satisfait.

GEORGE DANDIN. – Ah ! crocodile, qui flatte les gens pour les étrangler.

ANGÉLIQUE. – Accordez-moi cette faveur.

GEORGE DANDIN. – Point d'affaires. Je suis inexorable[17].

ANGÉLIQUE. – Montrez-vous généreux.

GEORGE DANDIN. – Non.

ANGÉLIQUE. – De grâce !

GEORGE DANDIN. – Point.

ANGÉLIQUE. – Je vous en conjure[18] de tout mon cœur !

GEORGE DANDIN. – Non, non, non. Je veux qu'on soit détrompé de vous, et que votre confusion éclate.

ANGÉLIQUE. – Hé bien ! si vous me réduisez au désespoir, je vous avertis qu'une femme en cet état est capable de tout, et que je ferai quelque chose ici dont vous vous repentirez.

GEORGE DANDIN. – Et que ferez-vous, s'il vous plaît ?

ANGÉLIQUE. – Mon cœur se portera jusqu'aux extrêmes résolutions, et de ce couteau que voici je me tuerai sur la place.

16. M'envahira. | **17.** Impossible à fléchir. | **18.** Supplie.

George Dandin. – Ah ! ah ! à la bonne heure !

Angélique. – Pas tant à la bonne heure pour vous que vous vous imaginez. On sait de tous côtés nos différends[19], et les chagrins[20] perpétuels que vous concevez contre moi. Lorsqu'on me trouvera morte, il n'y aura personne qui mette en doute que ce ne soit vous qui m'aurez tuée ; et mes parents ne sont pas gens assurément à laisser cette mort impunie, et ils en feront sur votre personne toute la punition que leur pourront offrir et les poursuites de la justice, et la chaleur de leur ressentiment[21]. C'est par là que je trouverai moyen de me venger de vous, et je ne suis pas la première qui ait su recourir à de pareilles vengeances, qui n'ait pas fait difficulté de se donner la mort pour perdre ceux qui ont la cruauté de nous pousser à la dernière extrémité.

George Dandin. – Je suis votre valet. On ne s'avise plus de se tuer soi-même, et la mode en est passée il y a longtemps.

Angélique. – C'est une chose dont vous pouvez vous tenir sûr ; et si vous persistez dans votre refus, si vous ne me faites ouvrir, je vous jure que tout à l'heure je vais vous faire voir jusques où peut aller la résolution d'une personne qu'on met au désespoir.

George Dandin. – Bagatelles, bagatelles. C'est pour me faire peur.

Angélique. – Hé bien ! puisqu'il le faut, voici qui nous contentera tous les deux, et montrera si je me moque. (*Après avoir fait semblant de se tuer.*) Ah ! c'en est fait. Fasse le Ciel que ma mort soit vengée comme je le souhaite, et que celui qui en est cause reçoive un juste châtiment de la dureté qu'il a eue pour moi !

19. Désaccords. **20.** Mécontentements. **21.** La force de leur douleur.

George Dandin. – Ouais ! serait-elle bien si malicieuse[22] que de s'être tuée pour me faire pendre ? Prenons un bout de chandelle pour aller voir.

Angélique, *à Claudine*. – St. Paix ! Rangeons-nous chacune immédiatement contre un des côtés de la porte.

George Dandin. – La méchanceté d'une femme irait-elle bien jusque-là ? (*Il sort avec un bout de chandelle, sans les apercevoir ; elles entrent ; aussitôt elles ferment la porte.*) Il n'y a personne. Eh ! je m'en étais bien douté, et la pendarde s'est retirée, voyant qu'elle ne gagnait rien après moi, ni par prières ni par menaces. Tant mieux ! cela rendra ses affaires encore plus mauvaises, et le père et la mère qui vont venir en verront mieux son crime. (*Après avoir été à la porte de sa maison pour rentrer.*) Ah ! ah ! la porte s'est fermée. Holà ! ho ! quelqu'un ! qu'on m'ouvre promptement !

Angélique, *à la fenêtre avec Claudine*. – Comment ? c'est toi ? D'où viens-tu, bon pendard ? Est-il l'heure de revenir chez soi quand le jour est près de paraître ? Et cette manière de vie est-elle celle que doit suivre un honnête mari ?

Claudine. – Cela est-il beau d'aller ivrogner toute la nuit ? et de laisser ainsi toute seule une pauvre jeune femme dans la maison ?

George Dandin. – Comment ? vous avez…

Angélique. – Va, va, traître, je suis lasse de tes déportements, et je m'en veux plaindre, sans plus tarder, à mon père et à ma mère.

George Dandin. – Quoi ? c'est ainsi que vous osez…

22. Méchante.

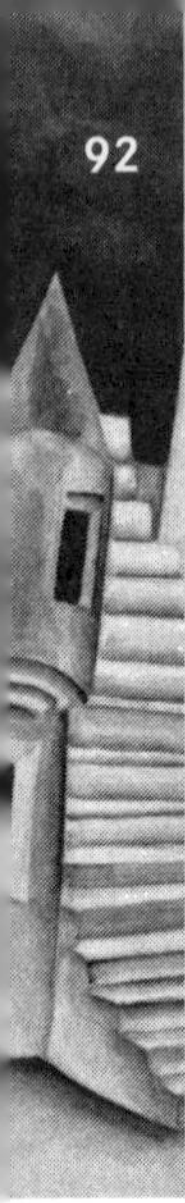

Questions

Repérer et analyser

L'enchaînement des scènes et les personnages

1 Quel piège Dandin a-t-il tendu à Angélique et Claudine ? Où se trouvent-elles au début de la scène ? Où est Dandin ?

2 **a.** Quel est le personnage qui parle le plus au début de la scène ? Dans quel état d'esprit se trouve-t-il ? Appuyez-vous sur le champ lexical du combat (l. 26 à 34).

b. À partir de quelle ligne l'autre personnage domine-t-il le dialogue ?

3 Relisez les répliques d'Angélique (l. 24 à 104). Relevez les verbes et les types de phrases qu'elle utilise pour agir sur Dandin. Que veut-elle obtenir de lui ? En quoi se montre-t-elle habile ?

4 Comment Dandin réagit-il d'abord à ses supplications ? Relevez les passages où il se montre ironique et moqueur et ceux où il l'insulte.

5 À quel chantage Angélique recourt-elle pour faire céder son mari ? Parvient-elle à ses fins ? Pour quelle raison ?

Le comique

Le renversement de situation

On parle de *renversement de situation* quand la situation d'un personnage change du tout au tout à un moment donné et sans qu'il s'y attende.

6 **a.** En quoi le comique de cette scène est-il fondé sur un renversement de situation ? Pour répondre, comparez la situation de Dandin au début et à la fin de la scène.

b. Quel jeu de scène est repris de façon comique à la fin de la scène ?

Mettre en scène

Imaginer le décor

7 La fenêtre, la porte, sont des éléments du décor nécessaires à l'action. Si vous étiez metteur en scène, comment et où les disposeriez-vous sur la scène ? Essayez d'imaginer le décor général, dessinez-le, disposez les personnages par rapport à ce décor et précisez leurs déplacements sur la scène en fonction de l'utilisation des principaux éléments.

Acte III

Scène 7

Monsieur et Madame de Sotenville, Colin, Claudine, Angélique, George Dandin.

M. et Mme de Sotenville sont en habits de nuit, et conduits par Colin qui porte une lanterne.

Angélique, *à Monsieur et Madame de Sotenville.* – Approchez, de grâce, et venez me faire raison de l'insolence la plus grande du monde d'un mari à qui le vin et la jalousie ont troublé de telle sorte la cervelle qu'il ne sait plus ni ce qu'il dit, ni ce qu'il fait, et vous a lui-même envoyé quérir pour vous faire témoins de l'extravagance[1] la plus étrange dont on ait jamais ouï parler. Le voilà qui revient comme vous voyez, après s'être fait attendre toute la nuit ; et, si vous voulez l'écouter, il vous dira qu'il a les plus grandes plaintes du monde à vous faire de moi ; que durant qu'il dormait, je me suis dérobée[2] d'auprès de lui pour m'en aller courir, et cent autres contes de même nature qu'il est allé rêver.

George Dandin, *à part.* – Voilà une méchante carogne.

Claudine. – Oui, il nous a voulu faire accroire qu'il était dans la maison, et que nous en étions dehors, et c'est une folie qu'il n'y a pas moyen de lui ôter de la tête.

Monsieur de Sotenville. – Comment, qu'est-ce à dire cela ?

Madame de Sotenville. – Voilà une furieuse impudence[3] que de nous envoyer quérir.

George Dandin. – Jamais…

1. Absurdité, folie.
2. Échappée.
3. Effronterie.

Angélique. – Non, mon père, je ne puis plus souffrir un mari de la sorte. Ma patience est poussée à bout, et il vient de me dire cent paroles injurieuses.

Monsieur de Sotenville, *à George Dandin.* – Corbleu ! vous êtes un malhonnête homme.

Claudine. – C'est une conscience de voir une pauvre jeune femme traitée de la façon, et cela crie vengeance au Ciel.

George Dandin. – Peut-on… ?

Madame de Sotenville. – Allez, vous devriez mourir de honte.

George Dandin. – Laissez-moi vous dire deux mots.

Angélique. – Vous n'avez qu'à l'écouter, il va vous en conter de belles.

George Dandin, *à part.* – Je désespère.

Claudine. – Il a tant bu que je ne pense pas qu'on puisse durer contre lui[4], et l'odeur du vin qu'il souffle est montée jusqu'à nous.

George Dandin. – Monsieur mon beau-père, je vous conjure…

Monsieur de Sotenville. – Retirez-vous : vous puez le vin à pleine bouche.

George Dandin. – Madame, je vous prie…

Madame de Sotenville. – Fi ! ne m'approchez pas : votre haleine est empestée.

George Dandin, *à M. de Sotenville.* – Souffrez que je vous…

4. Rester à côté de lui.

Monsieur de Sotenville. – Retirez-vous, vous dis-je : on ne peut vous souffrir.

George Dandin, *à Mme de Sotenville.* – Permettez, de grâce, que…

Madame de Sotenville. – Pouah ! vous m'engloutissez[5] le cœur. Parlez de loin, si vous voulez.

George Dandin. – Hé bien oui, je parle de loin. Je vous jure que je n'ai bougé de chez moi, et que c'est elle qui est sortie.

Angélique. – Ne voilà pas ce que je vous ai dit ?

Claudine. – Vous voyez quelle apparence il y a.

Monsieur de Sotenville, *à George Dandin.* – Allez, vous vous moquez des gens. Descendez, ma fille, et venez ici.

George Dandin. – J'atteste le Ciel que j'étais dans la maison, et que…

Madame de Sotenville. – Taisez-vous, c'est une extravagance qui n'est pas supportable.

George Dandin. – Que la foudre m'écrase tout à l'heure si…

Monsieur de Sotenville. – Ne nous rompez pas davantage la tête, et songez à demander pardon à votre femme.

George Dandin. – Moi, demander pardon ?

Monsieur de Sotenville. – Oui, pardon, et sur-le-champ.

George Dandin. – Quoi ? je…

Monsieur de Sotenville. – Corbleu ! si vous me répliquez, je vous apprendrai ce que c'est que de vous jouer à[6] nous.

5. Vous me soulevez.

6. Jouer de (se moquer).

GEORGE DANDIN. – Ah ! George Dandin !

MONSIEUR DE SOTENVILLE. – Allons, venez, ma fille, que votre mari vous demande pardon.

ANGÉLIQUE, *descendue*. – Moi ? lui pardonner tout ce qu'il m'a dit ? Non, non, mon père, il m'est impossible de m'y résoudre, et je vous prie de me séparer d'un mari avec lequel je ne saurais plus vivre.

CLAUDINE. – Le moyen d'y résister[7] ?

MONSIEUR DE SOTENVILLE. – Ma fille, de semblables séparations ne se font point sans grand scandale, et vous devez vous montrer plus sage que lui, et patienter encore cette fois.

ANGÉLIQUE. – Comment patienter après de telles indignités ? Non, mon père, c'est une chose où je ne puis consentir.

MONSIEUR DE SOTENVILLE. – Il le faut, ma fille, et c'est moi qui vous le commande.

ANGÉLIQUE. – Ce mot me ferme la bouche, et vous avez sur moi une puissance absolue.

CLAUDINE. – Quelle douceur !

ANGÉLIQUE. – Il est fâcheux d'être contrainte d'oublier de telles injures ; mais quelle violence que je me fasse, c'est à moi de vous obéir.

CLAUDINE. – Pauvre mouton !

MONSIEUR DE SOTENVILLE, *à Angélique*. – Approchez.

ANGÉLIQUE. – Tout ce que vous me faites faire ne servira de[8] rien, et vous verrez que ce sera dès demain à recommencer.

7. Refuser cela.

8. À.

MONSIEUR DE SOTENVILLE. – Nous y donnerons ordre. *(À George Dandin.)* Allons, mettez-vous à genoux.

GEORGE DANDIN. – À genoux ?

MONSIEUR DE SOTENVILLE. – Oui, à genoux, et sans tarder.

GEORGE DANDIN, *il se met à genoux, une chandelle à la main. (À part.)* – Ô Ciel ! (*À Monsieur de Sotenville.*) Que faut-il dire ?

MONSIEUR DE SOTENVILLE. – « Madame, je vous prie de me pardonner. »

GEORGE DANDIN. – « Madame, je vous prie de me pardonner. »

MONSIEUR DE SOTENVILLE. – « L'extravagance que j'ai faite. »

GEORGE DANDIN. – « L'extravagance que j'ai faite » (*à part*) de vous épouser.

MONSIEUR DE SOTENVILLE. – « Et je vous promets de mieux vivre[9] à l'avenir. »

GEORGE DANDIN. – « Et je vous promets de mieux vivre à l'avenir. »

MONSIEUR DE SOTENVILLE, *à George Dandin.* – Prenez-y garde, et sachez que c'est ici la dernière de vos impertinences que nous souffrirons.

MADAME DE SOTENVILLE. – Jour de Dieu ! si vous y retournez, on vous apprendra le respect que vous devez à votre femme, et à ceux de qui elle sort.

9. Avoir plus de savoir-vivre.

MONSIEUR DE SOTENVILLE. – Voilà le jour qui va paraître. (*À George Dandin.*) Rentrez chez vous, et songez bien à être sage. (*À Madame de Sotenville.*) Et nous, mamour, allons nous mettre au lit.

Acte III

Scène 8

GEORGE DANDIN.

GEORGE DANDIN, *seul.* – Ah ! je le quitte[10] maintenant, et je n'y vois plus de remède ; lorsqu'on a, comme moi, épousé une méchante femme, le meilleur parti qu'on puisse prendre, c'est de s'aller jeter dans l'eau la tête la première.

George Dandin.
Décors et costumes de Nina Brodsky pour la mise en scène de Motylew, vers 1930.

10. J'y renonce.

Repérer et analyser

L'enchaînement des scènes

1 Pour quelle raison les Sotenville arrivent-ils ? Que s'attendaient-ils à voir ? Quelle situation découvrent-ils en réalité ?

La situation d'énonciation

2 Dans la scène 7 de l'Acte III, quels sont les personnages qui ne possèdent pas les informations qu'a le spectateur ? De qui sont-ils victimes ?

La progression du dialogue

3 **a.** Pour quelle raison Angélique prend-elle l'initiative de la parole dans la scène 7 ? Quelle explication fournit-elle de la situation à ses parents ? Son explication est-elle vraisemblable ?
b. Qui est son auxiliaire ?

4 **a.** Quelle est la réaction des Sotenville ? Pour quelle raison acceptent-ils facilement la version de leur fille et jugent-ils que l'haleine de Dandin « est empestée » ? Dandin a-t-il réellement bu ?
b. Qu'en déduisez-vous sur le pouvoir de la parole ?

5 George Dandin réussit-il à prendre la parole ? Pour quelle raison ?

6 Quelle demande Angélique fait-elle à ses parents ? Son souhait rejoint-il celui de George Dandin ? Pour quelle raison M. et Mme de Sotenville refusent-ils ?

7 Quel personnage mène le jeu à partir de la ligne 58 ? Qu'obtient-il d'Angélique et de Dandin ?

Le monologue de George Dandin

8 **a.** Comparez ce monologue (scène 8) avec les deux autres clôturant les Actes I et II. Quelles différences constatez-vous concernant la longueur du monologue et l'état d'esprit du personnage ?
b. À quoi George Dandin renonce-t-il ?

9 Le spectateur doit-il croire George Dandin quand il dit qu'il va se noyer ? Retrouvez dans la scène 6 de l'Acte III le passage où il parle du suicide. Comment expliquez-vous la contradiction ?

Le comique

10 En quoi les Sotenville sont-ils ridiculisés dans cette scène ?

11 La situation de Dandin est-elle comique ?

Le dénouement

12 **a.** Sur quelle nouvelle humiliation de Dandin la comédie s'achève-t-elle ? Le dénouement est-il tout à fait heureux ?

b. Quel sera selon vous l'avenir de ce ménage ?

c. Pensez-vous que George Dandin essaiera encore de montrer aux Sotenville l'indignité de leur fille ?

Écrire

Écrire une scène de théâtre

13 Le lendemain, Angélique raconte à Clitandre les événements qui se sont produits après leur dernier rendez-vous. Elle parle de ses parents, des précautions qu'elle devra prendre vis-à-vis d'eux, de son mari, qu'elle devra supporter mais qui est désormais « neutralisé », des plaisirs qu'elle se promet à l'avenir avec le jeune courtisan. Écrivez la scène entre Angélique et Clitandre.

14 Inventez une autre situation dans laquelle Dandin est amené à convoquer les Sotenville. Vous pourrez imaginer que Dandin soit une fois encore mis en échec ou, au contraire, qu'il réussisse dans son entreprise. Vous écrirez la scène. N'oubliez pas d'introduire des didascalies.

Jouer la scène

15 Jouez la scène 7 à partir de la ligne 98. Cherchez l'attitude qui vous semble la meilleure pour montrer George Dandin demandant pardon à Angélique.

Questions de synthèse

George Dandin

Les premières représentations

1 À quelle occasion et en quel lieu la pièce a-t-elle été jouée pour la première fois ? À quel genre la pièce appartenait-elle à sa création ? Pour répondre, aidez-vous de l'introduction, p. 5.

Le lieu et l'époque

2 Quels sont les deux lieux dans lesquels se déroule l'action ? Quel est le lieu représenté sur scène ?

3 À quelle époque l'action se déroule-t-elle ? En quoi les personnages appartiennent-ils à leur époque ?

La structure de la pièce

4 **a.** Combien la pièce comporte-t-elle d'actes ?
b. Quels sont les principaux événements qui surviennent dans chaque acte ? En quoi la structure est-elle répétitive ?

5 **a.** Dans quelles scènes Dandin est-il seul ?
b. À quel moment les Sotenville apparaissent-ils dans chaque acte ?
c. Comment la situation de Dandin évolue-t-elle d'acte en acte ?

Le théâtre dans le théâtre

6 **a.** Quelle comédie Clitandre et Angélique jouent-ils dans l'Acte I ? Devant quels personnages spectateurs ? Quelle comédie Dandin est-il contraint de jouer ?
b. Quel rôle Angélique joue-t-elle devant ses parents dans l'Acte II ?
c. Quelle comédie Angélique joue-t-elle dans l'Acte III ? Quel rôle Dandin est-il à nouveau obligé de jouer ?

Les personnages

George Dandin et Angélique

7 **a.** Quelle image du mariage et de l'amour donnent-ils ?

b. Comparez la situation du couple au début et à la fin de la pièce. A-t-elle évolué ?

c. En quoi Angélique se montre-t-elle habile ? À qui est-elle soumise ?

d. Que cherche à faire Dandin tout au long de la pièce ? Est-il affecté d'être trompé ? Évolue-t-il au cours de la pièce ?

M. et Mme de Sotenville

8 **a.** À quelle classe sociale appartiennent-ils ? Quelle est leur situation financière ?

b. Quel rôle jouent-ils dans le mariage de leur fille ? Quelle relation entretiennent-ils avec elle ?

Les valets

9 Faites le portrait de Lubin et de Claudine. Quelle relation entretiennent-ils avec leur maître ? Quel rôle ont-ils dans l'action ?

Clitandre

10 Que recherche-t-il auprès d'Angélique ? Quelle image est donnée de lui ?

Le comique

11 En quoi le comique de la pièce relève-t-il principalement d'un comique de farce ? Pour répondre :

– appuyez-vous sur la situation conjugale de George Dandin ;
– donnez des exemples de comique de gestes et de mots ;
– relevez les scènes de quiproquos et dites en quoi ils consistent.

12 Quels personnages sont ridiculisés ?

La visée

13 Quelle image Molière donne-t-il de la condition de la femme au XVIIe siècle ?

14 Quel est le rôle de l'argent dans cette pièce ?

15 Que dénonce Molière à travers le personnage de George Dandin ?

16 En quoi la pièce vise-t-elle à faire rire ? En quoi peut-on dire en même temps que cette pièce est une farce tragique ?

Deuxième partie

Molière et le mariage

Le théâtre de Molière, Cormon. Petit Palais.

Introduction

Le mariage

George Dandin nous montre l'échec d'un homme qui a cru pouvoir s'élever dans la hiérarchie sociale par le mariage. Mais le mariage n'est pas seulement un établissement, il est aussi l'union de deux êtres, et il arrive que ces deux aspects s'opposent.

Molière pensait que le bonheur était accessible aux hommes et aux femmes, mais dans l'ordre et l'harmonie, l'obéissance aux lois de la nature. Il réclamait, par rapport à ce qui se passait à son époque, une véritable révolution dans les mœurs. Qu'en était-il donc du mariage au XVIIe siècle ? Quelle leçon Molière voulait-il donner à travers son œuvre ?

Et à notre époque, qu'en est-il du mariage ? Quelles difficultés peut entraîner une trop grande différence de culture, d'éducation, d'aspirations ? Comment les jeunes générations se sont-elles peu à peu dégagées de l'autorité parentale ? Le mariage donne-t-il à l'homme et à la femme d'égales chances d'épanouissement ?

Le mariage au XVIIe siècle

Au XVIIe siècle, l'autorité des parents est absolue en ce qui concerne le mariage des jeunes gens : le consentement parental est exigé pour les garçons jusqu'à trente ans et pour les filles jusqu'à vingt-cinq ans. Sans celui-ci, le mariage est nul et non avenu : il est alors assimilé à un « rapt » et les parents ont le droit de le faire dissoudre par un procès. Les jeunes gens ne peuvent donc, s'ils le désirent, se marier en cachette.

Il n'en a pas toujours été ainsi : au Moyen Âge et jusqu'au XVIe siècle, le mariage était d'abord un acte religieux et pour l'Église, le seul consentement des époux suffisait. Il pouvait donc s'accomplir secrètement et la famille se trouvait mise devant le fait accompli. Au XVIIe siècle, il devient un acte solennel : il doit être public, assorti de témoins. La pression des milieux aristocratiques et le contrôle de l'État en font un acte plus civil que religieux, et l'accord des parents est désormais nécessaire. C'est le père qui décide du sort de ses enfants et particulièrement de sa fille. Celle-ci est mariée très jeune, parfois à un homme beaucoup plus âgé, sans avoir nullement son mot à dire. Les sentiments n'ont en général aucune part dans le choix du conjoint, mais plutôt des considérations de fortune et de rang.

Le mariage chez Molière

Molière s'élève contre les mœurs de son époque et condamne l'abus d'autorité des pères qui recherchent leur propre intérêt au détriment du bonheur de leurs enfants : les différences d'âge, de condition, de tempérament n'apportent que déception ou malheur.
Molière est donc pour le mariage, contrat loyal fondé sur un sentiment réciproque qui confère un caractère sacré à l'amour, respecte les droits de la femme et la met, à ce sujet tout au moins, sur un pied d'égalité avec l'homme. Molière a réfléchi aux problèmes de l'éducation des femmes et à leur rôle dans la société. Si son féminisme est en fait limité, il n'en réclame pas moins pour la femme le droit au respect et la liberté de s'instruire si elle le désire. Mais Molière y ajoute une condition : que la femme ne se détourne pas de sa fonction principale dans la société, c'est-à-dire qu'elle reste une bonne épouse et une bonne mère pour le bonheur de sa famille.

Lettrine pour l'Acte V, scène 1 des *Femmes savantes*, Molière.

Molière

Le Mariage forcé

Dans Le Mariage forcé, *Sganarelle ne fait pas mieux que George Dandin : à cinquante-deux ans, il a demandé la main de Dorimène, jeune coquette que sa famille veut établir. Il veut une famille, une épouse entièrement à lui... Mais le projet de Dorimène est différent !*

Scène 2

DORIMÈNE, SGANARELLE.

[...]

SGANARELLE. – Hé bien, ma belle, c'est maintenant que nous allons être heureux l'un et l'autre. Vous ne serez plus en droit de me rien refuser ; et je pourrai faire avec vous tout ce qu'il me plaira, sans que personne s'en scandalise. Vous allez être à moi depuis la tête jusqu'aux pieds, et je serai maître de tout : de vos petits yeux éveillés, de votre petit nez fripon, de vos lèvres appétissantes, de vos oreilles amoureuses, de votre petit menton joli, de vos petits tétons rondelets, de votre... Enfin, toute votre personne sera à ma discrétion ; et je serai à même pour vous caresser comme je voudrai. N'êtes-vous pas bien aise de ce mariage, mon aimable pouponne ?

DORIMÈNE. – Tout à fait aise, je vous jure. Car enfin, la sévérité de mon père m'a tenue jusques ici dans une sujétion la plus fâcheuse du monde. Il y a je ne sais combien que j'enrage du peu de liberté qu'il me donne, et j'ai cent fois souhaité qu'il me mariât, pour sortir promptement de la contrainte où j'étais avec lui, et me voir en état de faire ce que je voudrai. Dieu merci, vous êtes venu heureusement pour cela, et je me prépare désormais à me donner du divertissement, et à réparer comme il faut le temps que j'ai perdu. Comme vous êtes un fort galant homme, et que vous savez comme il faut vivre, je crois que nous ferons le meilleur ménage du monde ensemble, et que vous ne serez point de ces maris incommodes qui veulent que leurs femmes vivent comme des loups-garous[1]. Je vous avoue que je ne m'accommoderais pas de cela, et que la solitude me désespère. J'aime le jeu, les visites, les assemblées, les cadeaux[2] et les promenades ; en un mot, toutes les choses de plaisir, et vous devez être ravi d'avoir une femme de mon humeur. Nous n'aurons jamais aucun démêlé ensemble, et je ne vous contraindrai point dans vos actions, comme j'espère que, de votre côté, vous ne me contraindrez point dans les miennes ; car, pour moi, je tiens qu'il faut avoir une complaisance mutuelle, et qu'on ne se doit point marier pour se faire enrager l'un l'autre. Enfin, nous vivrons, étant mariés, comme deux personnes qui savent leur monde. Aucun soupçon jaloux ne nous troublera la cervelle ; et c'est assez que vous serez assuré de ma fidélité, comme je serai persuadée de la vôtre. Mais qu'avez-vous ? je vous vois tout changé de visage.

SGANARELLE. – Ce sont quelques vapeurs qui me viennent de monter à la tête.

DORIMÈNE. – C'est un mal aujourd'hui qui attaque beaucoup de gens ; mais notre mariage vous dissipera tout cela. Adieu. Il me tarde déjà que je n'aie des habits raisonnables, pour quitter vite ces guenilles. Je m'en vais de ce pas achever d'acheter toutes les choses qu'il me faut, et je vous enverrai les marchands.

1. Personnage d'humeur insociable, solitaire.
2. Divertissements que l'on donne à une dame.

Molière

L'École des femmes

Arnolphe a fait élever Agnès, dès son jeune âge, à l'écart de toute société et dans l'ignorance, pour en faire son épouse fidèle et soumise. Mais Agnès a aperçu Horace et l'amour est né entre eux. Dans son innocence, elle raconte à Arnolphe comment, en son absence, elle a fait entrer dans la maison le jeune homme qui se prétendait souffrant.

Acte II, scène 5

ARNOLPHE, AGNÈS.

[...]

ARNOLPHE

Oui, mais que faisait-il étant seul avec vous ?

AGNÈS

Il jurait qu'il m'aimait d'une amour sans seconde,
Et me disait des mots les plus gentils du monde,
Des choses que jamais rien ne peut égaler,
Et dont, toutes les fois que je l'entends parler,
La douceur me chatouille et là-dedans remue
Certain je ne sais quoi dont je suis tout émue.

ARNOLPHE, *à part*

Ô fâcheux examen d'un mystère fatal,
Où l'examinateur souffre seul tout le mal !

(À Agnès.)

Outre tous ces discours, toutes ces gentillesses,
Ne vous faisait-il point aussi quelques caresses ?

AGNÈS

Oh tant ! Il me prenait et les mains et les bras,
Et de me les baiser il n'était jamais las.

ARNOLPHE

Ne vous a-t-il point pris, Agnès, quelque autre chose ?

(*La voyant interdite.*)

Ouf !

AGNÈS

Hé ! il m'a...

ARNOLPHE

Quoi ?

AGNÈS

Pris...

ARNOLPHE

Euh !

AGNÈS

Le...

ARNOLPHE

Plaît-il ?

AGNÈS

Je n'ose,
Et vous vous fâcherez peut-être contre moi.

ARNOLPHE

Non.

AGNÈS

Si fait.

ARNOLPHE

Mon Dieu, non !

AGNÈS

Jurez donc votre foi.

ARNOLPHE

Ma foi, soit.

AGNÈS

Il m'a pris… Vous serez en colère.

ARNOLPHE

Non.

AGNÈS

Si.

ARNOLPHE

Non, non, non, non ! Diantre ! que de mystère !
Qu'est-ce qu'il vous a pris ?

AGNÈS

Il…

ARNOLPHE, *à part.*

Je souffre en damné.

AGNÈS

Il m'a pris le ruban que vous m'aviez donné.
À vous dire le vrai, je n'ai pu m'en défendre.

ARNOLPHE, *reprenant haleine.*

Passe pour le ruban. Mais je voulais apprendre
S'il ne vous a rien fait que vous baiser les bras.

AGNÈS

Comment ? est-ce qu'on fait d'autres choses ?

ARNOLPHE

Non pas.
Mais pour guérir du mal qu'il dit qui le possède,
N'a-t-il point exigé de vous d'autre remède ?

AGNÈS

Non. Vous pouvez juger, s'il en eût demandé,
Que pour le secourir j'aurais tout accordé.

ARNOLPHE, *bas, à part.*

Grâce aux bontés du Ciel, j'en suis quitte à bon compte.
Si j'y retombe plus, je veux bien qu'on m'affronte.
Chut !

(*Haut.*)

De votre innocence, Agnès, c'est un effet.
Je ne vous en dis mot : ce qui s'est fait est fait.
Je sais qu'en vous flattant le galant ne désire
Que de vous abuser, et puis après s'en rire.

AGNÈS

Oh ! point : il me l'a dit plus de vingt fois à moi.

ARNOLPHE

Ah ! vous ne savez pas ce que c'est que sa foi.
Mais enfin apprenez qu'accepter des cassettes
Et de ces beaux blondins écouter les sornettes,
Que se laisser par eux, à force de langueur,
Baiser ainsi les mains et chatouiller le cœur,
Est un péché mortel des plus gros qu'il se fasse.

AGNÈS

Un péché, dites-vous ? Et la raison, de grâce ?

ARNOLPHE

La raison ? La raison est l'arrêt prononcé
Que par ces actions le Ciel est courroucé.

AGNÈS

Courroucé ! Mais pourquoi faut-il qu'il s'en courrouce ?
C'est une chose, hélas ! si plaisante et si douce !
J'admire quelle joie on goûte à tout cela,
Et je ne savais point encor ces choses-là.

ARNOLPHE

Oui, c'est un grand plaisir que toutes ces tendresses,
Ces propos si gentils et ces douces caresses ;
Mais il faut le goûter en toute honnêteté,
Et qu'en se mariant le crime en soit ôté.

AGNÈS

N'est-ce plus un péché lorsque l'on se marie ?

ARNOLPHE

Non.

AGNÈS

Mariez-moi donc promptement, je vous prie.

ARNOLPHE

Si vous le souhaitez, je le souhaite aussi,
Et pour vous marier on me revoit ici.

AGNÈS

Est-il possible ?

ARNOLPHE

Oui.

AGNÈS

Que vous me ferez aise !

ARNOLPHE

Oui, je ne doute point que l'hymen ne vous plaise.

AGNÈS

Vous nous voulez, nous deux…

ARNOLPHE

Rien de plus assuré.

AGNÈS

Que, si cela se fait, je vous caresserai !

ARNOLPHE
Hé ! la chose sera de la part réciproque.

AGNÈS
Je ne reconnais point, pour moi, quand on se moque.
Parlez-vous tout de bon ?

ARNOLPHE
Oui, vous le pourrez voir.

AGNÈS
Nous serons mariés ?

ARNOLPHE
Oui.

AGNÈS
Mais quand ?

ARNOLPHE
Dès ce soir.

AGNÈS, *riant.*
Dès ce soir ?

ARNOLPHE
Dès ce soir ? Cela vous fait donc rire ?

AGNÈS
Oui.

ARNOLPHE
Vous voir bien contente est ce que je désire.

AGNÈS
Hélas ! que je vous ai grande obligation !
Et qu'avec lui j'aurai de satisfaction !

ARNOLPHE
Avec qui ?

AGNÈS

Avec…, là.

ARNOLPHE

Là…, là n'est pas mon compte.
À choisir un mari vous êtes un peu prompte.
C'est un autre, en un mot, que je vous tiens tout prêt ;
Et quant au Monsieur, là, je prétends, s'il vous plaît,
Dût le mettre au tombeau le mal dont il vous berce,
Qu'avec lui désormais vous rompiez tout commerce ;
Que, venant au logis, pour votre compliment
Vous lui fermiez au nez la porte honnêtement,
Et lui jetant, s'il heurte, un grès par la fenêtre,
L'obligiez tout de bon à ne plus y paraître.
M'entendez-vous, Agnès ? Moi, caché dans un coin,
De votre procédé, je serai le témoin.

AGNÈS

Las ! il est si bien fait ! C'est…

ARNOLPHE

Ah ! que de langage !

AGNÈS

Je n'aurai pas le cœur…

ARNOLPHE

Point de bruit davantage.
Montez là-haut.

AGNÈS

Mais quoi ! voulez-vous… ?

ARNOLPHE

C'est assez.
Je suis maître, je parle : allez, obéissez.

Molière

L'Avare

À la fin de l'École des femmes, *Agnès et Horace seront réunis : l'amour est le plus fort. Il en sera de même à la fin de nombreuses autres pièces de Molière. Mais auparavant, que de discussions, de ruses et d'efforts pour triompher d'un père qui s'oppose au bonheur des jeunes, par pur égoïsme !*
Ainsi dans L'Avare : *Harpagon annonce à sa fille Élise qu'il veut la marier. Or celle-ci aime en secret Valère…*

Acte I, scène 4

HARPAGON, ÉLISE.

[…]

HARPAGON. – […] Voilà de mes damoiseaux flouets[1], qui n'ont non plus de vigueur que des poules. C'est là, ma fille, ce que j'ai résolu pour moi. Quant à ton frère, je lui destine une certaine veuve dont ce matin on m'est venu parler ; et pour toi, je te donne au seigneur Anselme.

ÉLISE. – Au seigneur Anselme ?

HARPAGON. – Oui, un homme mûr, prudent et sage, qui n'a pas plus de cinquante ans, et dont on vante les grands biens.

ÉLISE. *(Elle fait une révérence.)* – Je ne veux point me marier, mon père, s'il vous plaît.

HARPAGON. *(Il contrefait la révérence.)* – Et moi, ma petite fille, ma mie, je veux que vous vous mariiez, s'il vous plaît.

1. Jeunes gens fragiles.

Élise. – Je vous demande pardon, mon père.

Harpagon. – Je vous demande pardon, ma fille.

Élise. – Je suis très humble servante au seigneur Anselme ; mais, avec votre permission, je ne l'épouserai point.

Harpagon. – Je suis votre très humble valet ; mais, avec votre permission, vous l'épouserez dès ce soir.

Élise. – Dès ce soir ?

Harpagon. – Dès ce soir.

Élise. – Cela ne sera pas, mon père.

Harpagon. – Cela sera, ma fille.

Élise. – Non.

Harpagon. – Si.

Élise. – Non, vous dis-je.

Harpagon. – Si, vous dis-je.

Élise. – C'est une chose où vous ne me réduirez point.

Harpagon. – C'est une chose où je te réduirai.

Élise. – Je me tuerai plutôt que d'épouser un tel mari.

Harpagon. – Tu ne te tueras point, et tu l'épouseras. Mais voyez quelle audace ! A-t-on jamais vu une fille parler de la sorte à son père ?

Élise. – Mais a-t-on jamais vu un père marier sa fille de la sorte ?

Harpagon. – C'est un parti où il n'y a rien à redire ; et je gage que tout le monde approuvera mon choix.

Élise. – Et moi, je gage qu'il ne saurait être approuvé d'aucune personne raisonnable.

Harpagon. – Voilà Valère : veux-tu qu'entre nous deux nous le fassions juge de cette affaire ?

Élise. – J'y consens.

Harpagon. – Te rendras-tu à son jugement ?

Élise. – Oui, j'en passerai par ce qu'il dira.

Harpagon. – Voilà qui est fait.

Acte I, scène 5

Valère, Harpagon, Élise.

Harpagon. – Ici, Valère. Nous t'avons élu pour nous dire qui a raison, de ma fille ou de moi.

Valère. – C'est vous, Monsieur, sans contredit.

Harpagon. – Sais-tu bien de quoi nous parlons ?

Valère. – Non, mais vous ne sauriez avoir tort, et vous êtes toute raison.

Harpagon. – Je veux ce soir lui donner pour époux un homme aussi riche que sage ; et la coquine me dit au nez qu'elle se moque de le prendre. Que dis-tu de cela ?

Valère. – Ce que j'en dis ?

Harpagon. – Oui.

Valère. – Eh, eh.

Harpagon. – Quoi ?

VALÈRE. – Je dis que dans le fond je suis de votre sentiment; et vous ne pouvez pas que vous n'ayez raison. Mais aussi n'a-t-elle pas tort tout à fait, et...

HARPAGON. – Comment ? le seigneur Anselme est un parti considérable, c'est un gentilhomme qui est noble, doux, posé, sage, et fort accommodé[2], et auquel il ne reste aucun enfant de son premier mariage. Saurait-elle mieux rencontrer ?

VALÈRE. – Cela est vrai. Mais elle pourrait vous dire que c'est un peu précipiter les choses, et qu'il faudrait au moins quelque temps pour voir si son inclination pourrait s'accommoder avec...

HARPAGON. – C'est une occasion qu'il faut prendre vite aux cheveux. Je trouve ici un avantage qu'ailleurs je ne trouverais pas, et il s'engage à la prendre *sans dot.*

VALÈRE. – *Sans dot* ?

HARPAGON. – Oui.

VALÈRE. – Ah ! je ne dis plus rien. Voyez-vous ? voilà une raison tout à fait convaincante; il se faut rendre à cela.

HARPAGON. – C'est pour moi une épargne considérable.

VALÈRE. – Assurément, cela ne reçoit point de contradiction. Il est vrai que votre fille vous peut représenter que le mariage est une plus grande affaire qu'on ne peut croire; qu'il y va d'être heureux ou malheureux toute sa vie; et qu'un engagement qui doit durer jusqu'à la mort ne se doit jamais faire qu'avec de grandes précautions.

HARPAGON. – *Sans dot.*

2. À son aise, ayant une certaine fortune.

Valère. – Vous avez raison : voilà qui décide tout, cela s'entend. Il y a des gens qui pourraient vous dire qu'en de telles occasions l'inclination d'une fille est une chose sans doute où l'on doit avoir de l'égard ; et que cette grande inégalité d'âge, d'humeur et de sentiments, rend un mariage sujet à des accidents très fâcheux.

Harpagon. – *Sans dot.*

Valère. – Ah ! il n'y a pas de réplique à cela : on le sait bien ; qui diantre peut aller là contre ? Ce n'est pas qu'il n'y ait quantité de pères qui aimeraient mieux ménager la satisfaction de leurs filles que l'argent qu'ils pourraient donner ; qui ne les voudraient point sacrifier à l'intérêt, et chercheraient, plus que toute autre chose à mettre dans un mariage cette douce conformité qui sans cesse y maintient l'honneur, la tranquillité et la joie, et que…

Harpagon. – *Sans dot.*

Valère. – Il est vrai : cela ferme la bouche à tout, *sans dot*. Le moyen de résister à une raison comme celle-là ?

Harpagon. *(Il regarde vers le jardin.)* – Ouais ! il me semble que j'entends un chien qui aboie. N'est-ce point qu'on en voudrait à mon argent ? Ne bougez, je reviens tout à l'heure.

[…]

Molière

Les Femmes savantes

Dans cette pièce se trouve posé, entre autres, le problème du refus du mariage lui-même. En effet, celui-ci, avec les contraintes matérielles imposées à l'épouse, peut l'empêcher de s'adonner aux occupations intellectuelles. C'est la position d'Armande : elle essaie de détourner sa sœur Henriette des projets de mariage que celle-ci a formés.

Acte I, scène 1

ARMANDE, HENRIETTE.

ARMANDE

Quoi ? le beau nom de fille est un titre, ma sœur,
Dont vous voulez quitter la charmante douceur,
Et de vous marier vous osez faire fête ?
Ce vulgaire dessein vous peut monter en tête ?

HENRIETTE

Oui, ma sœur.

ARMANDE

Ah ! ce « oui » se peut-il supporter,
Et sans un mal de cœur saurait-on l'écouter ?

HENRIETTE

Qu'a donc le mariage en soi qui vous oblige,
Ma sœur… ?

ARMANDE

Ah, mon Dieu ! fi !

HENRIETTE

Comment ?

ARMANDE

Ah, fi ! vous dis-je.
Ne concevez-vous point ce que, dès qu'on l'entend,
Un tel mot à l'esprit offre de dégoûtant[1] ?
De quelle étrange image on est par lui blessée ?
Sur quelle sale vue il traîne la pensée ?
N'en frissonnez-vous point ? Et pouvez-vous, ma sœur,
Aux suites de ce mot résoudre votre cœur ?

HENRIETTE

Les suites de ce mot, quand je les envisage,
Me font voir un mari, des enfants, un ménage ;
Et je ne vois rien là, si j'en puis raisonner,
Qui blesse la pensée et fasse frissonner.

ARMANDE

De tels attachements, ô Ciel ! sont pour vous plaire ?

HENRIETTE

Et qu'est-ce qu'à mon âge on a de mieux à faire,
Que d'attacher à soi, par le titre d'époux,
Un homme qui vous aime et soit aimé de vous,
Et de cette union, de tendresse suivie,
Se faire les douceurs d'une innocente vie ?
Ce nœud, bien assorti, n'a-t-il pas des appas[2] ?

ARMANDE

Mon Dieu, que votre esprit est d'un étage bas !
Que vous jouez au monde un petit personnage,
De vous claquemurer[3] aux choses du ménage,

1. Sens moins fort qu'aujourd'hui : qui ôte le goût de.

2. Attraits, agréments.

3. Emprisonner.

Et de n'entrevoir point de plaisirs plus touchants
Qu'un idole[4] d'époux et des marmots d'enfants !
Laissez aux gens grossiers, aux personnes vulgaires,
Les bas amusements de ces sortes d'affaires ;
À de plus hauts objets élevez vos désirs,
Songez à prendre un goût des plus nobles plaisirs,
Et traitant de mépris[5] les sens et la matière,
À l'esprit comme nous donnez-vous tout entière.
Vous avez notre mère en exemple à vos yeux,
Que du nom de savante on honore en tous lieux :
Tâchez ainsi que moi de vous montrer sa fille,
Aspirez aux clartés qui sont dans la famille,
Et vous rendez[6] sensible aux charmantes douceurs
Que l'amour de l'étude épanche[7] dans les cœurs ;
Loin d'être aux lois d'un homme en esclave asservie,
Mariez-vous, ma sœur, à la philosophie,
Qui nous monte au-dessus de tout le genre humain,
Et donne à la raison l'empire souverain,
Soumettant à ses lois la partie animale,
Dont l'appétit grossier aux bêtes nous ravale.
Ce sont là les beaux feux, les doux attachements,
Qui doivent de la vie occuper les moments ;
Et les soins[8] où je vois tant de femmes sensibles
Me paraissent aux yeux des pauvretés horribles.

HENRIETTE

Le Ciel, dont nous voyons que l'ordre est tout-puissant,
Pour différents emplois nous fabrique en naissant ;
Et tout esprit n'est pas composé d'une étoffe
Qui se trouve taillée à faire un philosophe.
Si le vôtre est né propre aux élévations

4. Mot aujourd'hui toujours féminin.
5. Avec mépris.
6. Rendez-vous.
7. Répand.
8. Soucis.

Où montent des savants les spéculations[9],
Le mien est fait, ma sœur, pour aller terre à terre,
Et dans les petits soins son faible[10] se resserre.
Ne troublons point du Ciel les justes règlements,
Et de nos deux instincts suivons les mouvements :
Habitez, par l'essor d'un grand et beau génie[11],
Les hautes régions de la philosophie,
Tandis que mon esprit, se tenant ici-bas,
Goûtera de l'hymen les terrestres appas.
Ainsi, dans nos desseins l'une à l'autre contraire,
Nous saurons toutes deux imiter notre mère :
Vous, du côté de l'âme et des nobles désirs,
Moi, du côté des sens et des grossiers plaisirs ;
Vous, aux productions d'esprit et de lumière,
Moi, dans celles, ma sœur, qui sont de la matière.

ARMANDE

Quand sur une personne on prétend se régler,
C'est par les beaux côtés qu'il lui faut ressembler ;
Et ce n'est point du tout la prendre pour modèle,
Ma sœur, que de tousser et de cracher comme elle.

HENRIETTE

Mais vous ne seriez pas ce dont vous vous vantez,
Si ma mère n'eût eu que de ces beaux côtés ;
Et bien vous prend, ma sœur, que son noble génie
N'ait pas vaqué toujours à la philosophie.
De grâce, souffrez-moi[12], par un peu de bonté,
Des bassesses à qui vous devez la clarté[13] ;
Et ne supprimez point, voulant qu'on vous seconde,
Quelque petit savant qui veut venir au monde.

9. Méditations, recherches.
10. Défaut.
11. Qualités naturelles, innées.
12. Permettez-moi.
13. Le fait de voir le jour, la naissance.

Questions

Repérer et analyser

Le mariage

Le Mariage forcé

1 Qu'attendent du mariage Sganarelle et Dorimène ? Comment s'annonce leur union ?

L'École des femmes

2 Relevez les passages qui peignent chez Agnès la joie et le plaisir de l'amour naissant. Que représente pour elle le mariage ?

3 Sur quel rapport de force Arnolphe entend-il établir le mariage ? Qui doit en être le bénéficiaire ?

4 Cette conception du mariage vous paraît-elle normale et juste ou néfaste et dangereuse ?

L'Avare

5 Pourquoi Harpagon veut-il donner Élise à Anselme ?

6 Étudiez la réaction d'Élise : de quelles qualités fait-elle preuve ?

7 Quels arguments Valère essaie-t-il de faire valoir contre cette décision ?

Les Femmes savantes

8 Qu'est-ce qui fait horreur à Armande dans le mariage ? Dans quel but le rejette-t-elle ?

9 Quels sont les arguments d'Henriette en faveur du mariage ? Sur quel ton s'adresse-t-elle à sa sœur ?

Comparer

Annie Ernaux raconte, dans *La Femme gelée*, le combat d'une jeune femme moderne pour conserver intacts sa passion pour les études, son désir d'avoir un métier, sa curiosité pour le monde. Mais mariée et mère d'un petit garçon, elle les sent se figer lentement, prise et comme « gelée » par ses obligations domestiques, ce que l'on appelle la « condition féminine ». Elle vient d'obtenir son diplôme d'enseignante.

J'étais prof. Le but des études, puis l'espoir d'une libération, d'une autre vie que les promenades au Jardin et le scotchbrit[1]

sur les casseroles. J'ai failli arriver en retard le jour de la rentrée, l'aide-ménagère avait loupé son car. La cohue des couloirs. Puis quarante visages, trente-cinq l'heure d'après et encore vingt-quatre, ces corps qui s'agitent, ces yeux, ces voix encore rentrées, prêtes à m'embarrasser de questions. Loin le petit appartement, en ce moment le soleil donnait dans la cuisine, la douceur de la poussière et des bouillies, la tendresse facile d'un enfant. J'avais eu beau la maudire cette vie encoconnée, vouloir y résister, elle m'avait tout de même eue. Ce qu'il a fallu refouler de trouille cette première matinée. Rien que parler et être écoutée, si bizarre après le silence engourdissant des intérieurs ou le gazouillis du Bicou[2]. Mais il est venu le plaisir, celui de la puissance peut-être. À nouveau j'avais prise sur le monde, même ma solitude au milieu des quarante élèves devenait exaltante. La re-vie. À la sortie, je gambergeais de projets, sorties, bibliothèque, au clou le Lagarde et Michard, des textes qui leur plairont. Je me souviens du premier soir, la chaleur de septembre à peine retombée, l'impression d'avoir mon existence ouverte, éclatée, par toutes celles que j'avais rencontrées dans la journée, je revoyais des têtes encore sans nom, des airs renfrognés ou farauds[3], une fille enfoncée dans sa chaise, absente, tant de diversité. J'avais envie de préparer tout de suite mes cours pour le lendemain et de lire les fiches que les élèves m'avaient rendues sur leur famille, leurs goûts. En même temps une bonne fatigue, celle qui m'aurait poussée à écouter un disque avant de me plonger dans le travail, plus tard à me mettre les pieds sous la table. Comme lui. Vrai qu'on n'a pas envie d'autre chose, qu'il avait donc raison. Mais halte-là, bonjour la différence, s'asseoir, faire mimi au Bicou, lire *Le Monde*, rêves, illusions de femme saoulée par sa première journée de boulot. Sitôt arrivée, j'ai vu les talons de l'aide-ménagère. À moi le dîner du Bicou et pour moi la bouffe ne viendra pas toute seule dans l'assiette. Les cours, quand l'enfant dormira. Lui, il regardera la télé. Je ne suis pas prof, je ne serai jamais prof, mais une femme-prof, nuance. Je suis entrée dans le second cycle

1. Tampon enduit d'un produit ménager pour faire briller la vaisselle.
2. Le petit garçon de la narratrice, encore très jeune.
3. Qui font les fiers, crâneurs.

des années d'apprentissage, les plus amères, les moins saisissables. Avoir un métier, je l'avais assez voulu, l'étoile des siestes, des promenades au Jardin. D'un côté, les femmes au foyer, mon horreur, de l'autre, les célibataires, des existences que je me figure vides. Obligée de penser que j'avais la meilleure part. On finit par ne plus comparer sa vie à celle qu'on avait voulue mais à celle des autres femmes. Jamais à celle des hommes, quelle idée. Et pourtant, peuvent bien partir du lycée d'un pas mesuré, digne, jusqu'à leur voiture, les collègues masculins, aller s'épanouir aux réunions syndicales, s'écouter parler et voter des motions[4] sur les désastreuses conditions de travail, pointilleux à mort sur les limites de leur boulot, qu'un professeur n'a pas à surveiller les élèves, à corriger les punitions qu'il donne, casuistes[5] une merveille pour ne pas en fiche une rame de plus, des habitudes d'homme sans doute. Moi je galope, en femme mariée mère de famille. Midi, dix-sept heures, ils voulaient discuter après le cours, pas le temps, ciao les bambinos, mon petit m'attend et je dois passer à la boucherie. Je ne serai pas le prof disponible que je croyais être, simplement fonctionner me cause déjà assez de peine, cours, courses, copies, plus rien dans le frigo. Il y a erreur, Maître Jacques[6] était une femme.

Annie Ernaux, *La Femme gelée*, Éd. Gallimard (1981).

10 Quelle est la situation familiale de la narratrice ?

11 Citez des passages dans lesquels la narratrice exprime ses difficultés à concilier sa vie professionnelle et sa vie privée.

12 Qui le pronom « Lui » désigne-t-il, ligne 34 ?

13 Comment comprenez-vous la phrase : « Je ne suis pas prof, je ne serai jamais prof, mais une femme-prof, nuance » (l. 34-35) ?

14 **a.** La narratrice compare sa vie de femme qui travaille à celle des hommes. Quelle conclusion en tire-t-elle ?

b. Vous semble-t-il qu'une femme ait plus de difficulté qu'un homme à concilier sa vie professionnelle et sa vie familiale ? Vous donnerez votre opinion lors d'un débat organisé en classe.

4. Propositions.
5. Au figuré : personne subtile essayant de résoudre des cas difficiles.
6. Personnage de *L'Avare* qui faisait plusieurs métiers.

Index des rubriques

Repérer et analyser

Écrire

Étudier le lexique

Se documenter

Comparer

Jouer la scène

Mettre en scène

Table des illustrations

2h	ph ©	RMN / Bulloz
2g	ph ©	RMN / Bulloz
2d	ph ©	Bridgeman / Giraudon
4	ph ©	Roger Viollet
7	ph ©	Archives Hatier
24	ph ©	Archives Hatier
30	ph ©	Archives Hatier
37	ph ©	Archives Hatier
49	ph ©	Collection Roger-viollet.
56	ph ©	Archives Hatier
64	ph ©	Archives Hatier
67	ph ©	Bernand-Enguerrand
74	ph ©	Archives Hatier
82	ph ©	Archives Hatier
87	ph ©	Bernand-Enguerrand
98	ph ©	Archives Hatier
103	ph ©	Archives Hatier
105	ph ©	Archives Hatier

et 10, 11, 16, 17, 25, 26, 27, 31, 39, 40, 41, 42, 47, 52, 53, 57, 61, 65, 70, 71, 76, 83, 84, 92, 99, 100, 124, 125, 126 (détail) ph © Archives Hatier.

Iconographie : Hatier Illustration / Sandra André

Principe de maquette : Mecano-Laurent Batard

Mise en page : Alinéa

Dépôt légal : 37473 - juillet 2005

Achevé d'imprimer par Hérissey à Évreux - France - N° 99549